散文界 无+

白菜花

李峰 · 著

山西出版传媒集团 北岳文艺出版社

图书在版编目（CIP）数据

白菜花 / 李峰著 .—太原：北岳文艺出版社，2016.8（2023.6 重印）

ISBN 978-7-5378-4871-8

Ⅰ . ①白… Ⅱ . ①李… Ⅲ . ①中国文学 – 当代文学 – 作品综合集Ⅳ . ① I217.2

中国版本图书馆 CIP 数据核字（2016）第 183197 号

书　　名	白菜花	
著　　者	李　峰	
责任编辑	赵　婷	
书籍设计	张永文	

出版发行　山西出版传媒集团·北岳文艺出版社

地　　址　山西省太原市并州南路 57 号

邮　　编　030012

电　　话　0351-5628696（发行部）

　　　　　0351-5628688（总编办）

传　　真　0351-5628680

经 销 商　新华书店

印刷装订　山西万佳印业有限公司

开　　本　787×1092　1/32

字　　数　125 千字

印　　张　9

版　　次　2016 年 8 月第 1 版

印　　次　2023 年 6 月山西第 2 次印刷

书　　号　ISBN 978-7-5378-4871-8

定　　价　38.00 元

心中的白菜花

　　要出一本小集子了，总得有个书名，就像人好赖总得有个名字一样。忽想起前一阵子在万宝山任家庄村下乡听到的一个小故事，说：有一个山庄窝铺山大人少，有点头脑和本事的人都到山外做事去了，留在山里的人日出而作，日落而息，不知今夕是何年。忽一日闻得一阵鞭炮声，有人才说：呀，要过年了，今儿都大年三十了。乡亲们说，过年了总得贴副春联吧。于是大家纷纷把对联纸裁好，研好墨汁。这时，大伙傻眼了，纸是裁好了，可是谁来书写呢，村里的秀才都进城了，没有人能握起毛笔。山外又是一阵一阵的鞭炮声，眼看着就要到大年初一了，急得老乡们团团转。这时，有一老乡灵机一动，说：尿还能憋死人？只见他取来一个做肉的盅盅，把研好的墨汁涂在了肉盅盅的碗沿上，然后把裁好的春联纸一字摊开，用涂了墨汁的肉盅盅均匀地在上下联上顺着盖了起来，又把横批也盖了四个黑圈圈，婆娘孩子们一起帮忙贴在了自家街门上，然后马上也燃起了鞭炮。见状，乡亲们都来仿效，要五言的就盖五个黑圈圈，要七言的就盖七个黑圈圈，那年，这个小山村的春联就是这样贴的。人家讲这个小段子是说文化人的要紧事，我听了却感到有趣有创意。这个山民的智慧朴素得让人难以想象。这种朴素的创意里边蕴含的美，让我回味无穷。

富贵牡丹，娇艳玫瑰，纤纤君子，高雅兰花。白菜花也算花吗？而半个世纪以来，我就固执地深爱着白菜花，至今母亲栽过白菜花的一对瓶子还安好地摆在我家的柜子上，每每端详倍感亲切惬意，每到过年清扫家里卫生时，我都要亲自小心翼翼地把它取下来，反复擦拭。那时刻，仿佛又看到母亲把白菜帮子摘下来放上红辣椒为我们炒辣子白，然后再把白菜心和白菜根用水泡在这对瓶子里栽上，不几日，那白菜花就开得温馨灿烂，那白菜花的情结温暖了我的整个童年，也温暖了我们整个家。她在我心中那种朴素的美和朴素的尊严，一直渗透到我的骨子里，那是一种刻骨铭心的感染和感动。以至于我按捺不住内心的激动，放声唱出了《白菜花》的赞歌。

在我居住的小县城，我家是很早就从大杂院迁出来住进商品楼的。刚住进去时，我们小俩口关起门来欣喜若狂：这辈子终于实现了楼上楼下、电灯电话的美好生活了。可时间久了，同一幢楼里的人认识的也只是简单地点个头问个好，面熟叫不来名字的居多，各家也互不走动，一回家就都关起门来各顾各的了。过了几年那样的美好生活，我不禁又留恋我小时候"伙院"的热闹。冬天下了雪，全院男女老幼一起扫雪，孩子们打雪仗，滚雪球，跳界界，耍娃娃家，踢键子，打三角，滚铁环……院邻有一家做了好吃的了，都要让孩子们给邻居们送点过去，说：这是给张奶奶的，那是给李爷子的。过年放鞭炮，大人小孩都要在大伙院中间一起燃放，直到"熬夜"到大年初一再接着放，好生热闹。那种朴素的"无产阶级"感情，人与人之间的包容、简单，使我再无回到"洋灰板子"楼房里的欲望。

我读大学念的是中文系，对文学和美术比较喜欢，偶有灵感写点小东西，我的第一篇所谓散文是《甜苣》，发表在《大学中文刊授》上，是我的写作老师孙秀乾先生帮助修改发表的。因我是吃甜苣芽长大的，而我又与冬天挖甜苣芽根根有个小故事，所以写得比较顺手。这些年，有点想法就写一点，慢慢也就积累了点小文章。前年到北京拜访著名诗人李瑛先生，谈到当代中国新诗，李老说：当今中国诗坛这个派那个派，不知道写的是些啥，让人看不懂。我也深有同感，为什么不好好说话、好好写诗呢。《一月的哀思》《回延安》《白杨礼赞》等等写得多朴素，多自然。因此，我写了一篇诗论《诗歌不是一场风花雪月的事》，也算是我对写作态度和风格的一种观念吧。

这个集子凑来凑去也没什么好东西可呈现。想来想去也想不出叫个什么名，洋的我起不了，也不去"起名馆"造访，土的我的确没有悟到那么深的"道"和"理"，也不会吃着牛排谈"禅"意。忽想到吃母亲炒的辣子白，赏母亲的白菜花，想到母亲的养育和老师先辈的教诲，我一个工人阶级的"臭小子"，一介平民，能写出什么玄乎的好东西呢。因为集子中有篇赞美母亲的散文《白菜花》，姑且这本集子就叫《白菜花》吧，也算对母亲和师辈教导的一个回报。

2015 年 10 月 28 日于杭州

目录

白菜花

　　我赞美白菜花，是因为她是一种再朴实不过的花，实实在在地说，她也算不上是"花"。

　　我出生在20世纪60年代，爸爸妈妈都是工厂工人，虽说是"根正苗红"，但两人的工资加起来也就是几十块钱，加之我们兄弟三人，又都是男孩，日子过得紧紧巴巴。那年月，尽管吃的是"金裹银"，喝的是玉米糊，穿的是补丁衣，但胸前毛主席纪念章一戴，红宝书手里一捧，日子过得乐乐滋滋。

　　我的爷爷是远近闻名的木匠，因此，我们家的家具还算不少。我们家住的是老式窑洞，就一间。长长的一个大筒子状，屋里正对面就摆放着爷爷给我们家打的一个两斗三屉桌子，样子类似现在的写字台，桌子上面端端正正地摆着一个穿衣镜，白白的水银镜上隐隐约约还印着好看的花。算起来，这两样家具在当时也就是我们家最"酷"的了。穿衣镜比桌子窄一些，两旁还有些空隙，那就是我们家放白菜花的地方了。左右对称各一个，很是好看。

　　那时的冬天，特冷。北方人吃的蔬菜只有白菜和土豆、胡萝卜、白萝卜、红薯。每年冬天，爸爸妈妈在存上一两缸小麦的时候，都要一下买几百斤大圆白菜。一个一个竖起来，摆放在一个不冷不热的地方。那大圆白菜长得比现在的好看，上边宽宽的、圆圆的，结结实实地摆放在那儿，就像一颗颗小姑娘围着长头巾的小脑袋。

　　冬天的窑洞里，很是暖和。一颗白菜要几顿才能吃完。第一天，妈妈把大白菜青青绿绿的大帮子掰下来，一遍一遍地洗干净，切成滚刀状，用红红的辣子炒出来，香气四溢，越发增加了小屋的暖意；第二天，妈妈又把大白菜中间的那一层泛着嫩黄色的帮子和叶子都掰下来，仍是洗得干干净净，帮子就切成长条状和土豆片炒在一起。叶子呢，也切成不宽不窄不长不短的条子，泡在清水里，待锅里的面煮得快熟时，抓一把放进去，连面带菜一起捞出来放在碗里，无论是红面还是包皮面，那碗里就漾着丝丝的甜意了。两层的白菜帮子都吃了，剩下的就是白菜心了，每到这时，妈妈总是把白菜心拿在手里，左看右看，上看下看，那样子那神志就像在挑媳妇似的，确定没什么问题后，妈妈就从爷爷打的那个桌子上取过一个莲花状的豆绿色的花瓶，用围裙把花瓶外面擦得干干净净，再用清水把瓶子里面洗上几次，然后小心翼翼地把白菜心放在花瓶里，再从水缸中舀些清水浇在瓶子里，那白菜心就亭亭玉立地站在莲花瓶子里了。然后，妈妈再小心翼翼地把这一瓶白菜心摆在那张桌子上。每到这时，妈妈总会把我搂在怀里说："快，用不了几天就开花了。"那时候，我不懂妈妈为什么这么喜欢这白菜心，为什么总盼着这白菜心早早开出白菜花。不过，那年月，我们家也没有什么花可陈设了。如此这般，等吃了第二个白菜时，妈妈就又把一个白菜心放在又一个莲花状的瓶子里，依然是摆在那张桌子的那一端，依旧还会说："快，用不了几天就开花了。"

的确，过上一两天，从白菜心上就会抽出细细的嫩绿的一根花茎。花茎顶端再生出一些淡黄色的珍珠状花冠，大约一周时间，那白菜花就开得清香幽雅了。一个瓶里一束，端端正正，给冬天的小屋增添了些许情趣。

我上完小学，念初中的时候，妈妈在寒冷的冬天，仍是一年又一年地栽她的白菜花，只是白菜心依旧，可妈妈的眼角多了些皱纹。那一年，爸爸得了肝炎，躺在炕上不能动，全家的活就落到妈妈一个人的身上。我在家排行老大，穷苦人家出身，自然也就懂事早。放学了，我就主动地帮妈妈干些脏活累活。那时候，家里没有自来水，清晨，冒着刺骨的寒风，有时踏着冰雪，我就早早起来往家里挑水，一挑就是一条街，有时候，滑倒了，坐在冰冷的地上直想哭，可一想起我们家小小的暖屋里，妈妈端详白菜花的慈祥目光，我就咬紧牙关，勇敢地继续挑下去。等我歪歪扭扭地挑着一担水回到家门口时，妈妈总是忙着走出来，掀起门帘说："来，快放下，妈和你一桶一桶往家里抬。"望着满满一缸清清的水，再看看我冻得红红的脸蛋，妈总是说："俺孩长大了。"我望着妈妈会心的微笑，就像那白菜花一样灿烂、好看。

白菜花实在不是什么奇特的花。枝叶并不婀娜，花朵也开得不那么绚丽，也不需要土壤和花肥，甚至开上十天八天就枯萎了，像两个疲倦的老太婆。然而，我还是要赞美她，因为，她是一生开在我心中最美最美的花。

甜 苣

中午，睡得正香，蒙眬中有人喊去农场铲草。

真邪门，连个囫囵觉也不让睡，算倒霉，去就去吧。

出了校门，往南走，便是通往农场的路了。

淅淅沥沥的小雨不换气地一连下了几天，中午天才放晴。残存的马车、小四轮车轮印痕的灰渣路旁，湿湿的泥土散发着醉人的馨香。一畦一畦的莲花白像出水芙蓉，晶莹的露水在上面打着滚。一方小小的池塘，被密匝匝的苇子草裹着，微风抚摸着安详的水面，泛起轻轻的涟漪。河边上有几个农家孩子举着竹竿在钓鱼，尖尖的苇子触着他们细嫩的胳膊，时而有几只鸭子泛在水面，像几朵盛开的白莲在迎风抖动……

啊，田园风光真美呀！一个小诗人感慨道。

我略有些埋怨的心情，也在这大自然的陶冶下轻松了许多。整天关在四堵墙中，看惯了豆腐块式的楼房，对那些单调的直线有种本能的厌烦。今日能感受婆娑的杨柳，袅袅的炊烟……倒也不失为一种享受。

农场到了，我们的任务是在苗圃里铲草。

说来也是一种大自然的惩罚吧，春天栽的小柳条，由于刨坑不深，经不起风吹，或长期无人问津，枯死了很多，倒给杂草开辟了宽阔的生长领域。好家伙，齐膝深的蒿子草，黑绿黑绿的一片，神秘得有点害怕，越过田埂，蔓延到路旁，看上去像一汪碧色的海洋……

其实，地里长得并不全是蒿子草，等我们亲自跋涉在绿色的海洋中，细细一看，就发现在蒿草的遮掩下，松软的土地上还生长着马青菜，猪耳朵……

不一会儿，也不知是太阳得了健忘症没有吮去早晨的甘露，还是积存的雨水，便把我的皮鞋、裤筒打湿了。唉，真不该来，早知道就进市里"避难"去了。

"呀，甜苣！"一个女同学惊喜地说。

仔细一辨认，呀，真多。我躬下身用拇指和食指轻轻地拔出一株甜苣，嫩嫩的，鲜鲜的，紫灰色的叶子上，泛着一层白绒绒的、长长的根茎，白嫩白嫩的，像一根细细的藕。

"看，还有奶哩！"那个女同学从地上揪起一株甜苣，但只拔出半截根，一股乳白色的液体从根茎中间涌了出来。

"奶，你吃了吧。"一个男同学打趣地说。

"你吃了，你吃了。"女同学捏着一株甜苣就往那个男同学嘴上放。

"哈哈哈……"逗得大伙都乐了，惊讶、愉快的笑声惹得小鸟也飞了起来。

我奇怪自己拔得那么娴熟，轻轻地就连根拔起了，一点也不损坏根部。那个女同学就不行，拔一根就断一根。她见我手里整整齐齐捏了一把甜苣，便凑过来说：

"你怎么拔得这么好？"

"啊，对了，我太熟悉它了。"我猛然想起一件很早以前的往事。

那是我十几岁时，有一年，我得了急性阑尾炎，躺在床上直哼哼。医生开了中药，其中有一味就是甜苣根。爸爸跑遍小城的药店都配不上。怎么办呢？时值早春，大地还冻得铮铮直响，到哪儿去找呢？爸爸骑着车子出了城门，用小铲子在地里乱挖一气，也见不到一点甜苣的踪影。正在这时候，一个年轻小伙子跑过来打问，爸爸如实地把要找甜苣根的事说了。小伙子问了爸爸的工作单位就走了。

第二天中午，太阳晒得暖融融的，爸爸正在为甜苣根发愁，我们家来了位不速之客，手里捏着一把甜苣根。爸爸一下就认出了是昨天在地里碰到的小伙子。

原来，小伙子见爸爸焦急的样子，知道肯定是急用，于是，他回去拿了个铁锹满地里刨出了这么一把甜苣根。我一看他的手，呀，红一块绿一块的，那是被冻土割的。

过了些天，我病愈了，爸爸和我一块到小伙子家谢了恩，可是至今我也不知他叫什么名字。

后来，我喂了几只红眼睛的白兔子，每天和乡村娃娃一起到地里拾草。在我眼里最鲜最美的草就是甜苣。拾回草来，我总是看着小白兔的豁子嘴一左一右地把鲜嫩的甜苣吃了进去，好像小孩吸吮着母亲的奶……

上了大学，就再也无暇到农村了，许多小时候农家娃娃们教给我的草名也忘得差不离了，唯有这甜苣怎么也不能从我的记忆中消失。

太阳偏西了，茂盛的蒿子草早被同学们翻在了地下，于是苗圃又恢复了松软深黄的本来面目。苗圃里几株小柳条，在柔柔的晚风吹拂下，向同学们频频点头。出来时懒洋洋的心情，早被对甜苣的遐想遗忘得一干二净了。

我真不愿意离开这里了。听母亲说甜苣还是一种很好的凉菜。于是，我邀了几个女同学又采了许多鲜甜苣，我想我们做出来的凉菜也一定很香、很甜……

冬之眼

　　房老师的出殡仪式，我没有参加，因为我想不出给他送怎样的一副挽联。

　　现在是冬天了，太阳仿佛变成了一个衰老的女人，眼神暗淡无光。我又来到了曾充满欢乐和给我留下许多回忆的校园。校园经过几次大小整修，往日的迹象，几乎难以寻觅，就连坐落在东楼与操场中间的西楼，也是凭着旧时的记忆才分辨出来的。

　　我第一次和房老师见面，就是在这幢西楼里。

　　那是七八年前的事了，汾中办了六个初中试验班，我便慕名从府学街小学来到汾中念书。我们是在数学教研室见的面。他，四十出头，却鬓发斑白，弯着背坐在那里，像一个粗粗的句号。加之，他长着长长的钢针似的络腮胡，乍一看，倒像是一个沙皇时代的俄国神父。除了形容粗糙以外，他给我的第二印象就是"烟魔"（原谅我对死者的不敬）。他没有正面瞧一眼进来的我，而是一头埋在青烟浊雾中写着什么。过了许久，他才转过身来说："到一班吧。"

　　我明白了：他就是负责我们初中组的。后来，我们的数学课就由他带。

　　同学们很怕他，初中时，偶然读到伏尼契的《牛虻》，联想到房老师下唇底一条长长的印疤，那一种粗犷的性格就把人给唬住了。夏天的时候，教室里闷热得很，有的同学听不进去，就悄悄地趴在桌子上淌开涎水了。房老师就会抓起一颗粉笔头轻轻地弹过去，或者猛地用教鞭敲几下教桌，有时候不慎就把教鞭也"一分为二"了，引得底下一阵哄笑，房老师也禁不住觉得有趣，那些瞌睡的学生们的睡意也就随之减少了许多。

最不能忘记的就是那次到宋家庄公社向阳村劳动锻炼。那时汾中在向阳建了个分校，为了使我们成为"有文化的劳动者"，学校让学生们都轮流到向阳村去建设自己的分校。出发的那一天太阳真毒，女同学和男同学的行李由拖拉机运上去，我们就步行上山，顶着烈日，踩着"噗噗"的尘土，离开了书本，到社会大课堂中去学习"真本领"。房老师也去了。除了行李，我们男同学的随身背包全由他一人用自行车驮着。汗水顺着他密密麻麻的胡子往下淌，可他在路上和我们仍是有说有笑，一直推到向阳山。在分校的日子里，不是上山砍树，就是听生产队长讲过去地主剥削农民"黑叫驴打滚利滚利"，每逢听贫下中农们一把鼻涕一把眼泪忆苦思甜时，他总是坐在向阳小学教室最后一排，一个人抽闷烟……幸好我们是最后一批上山接受再教育的，总共干了一星期就接到学校要求下山的通知。下山的那天，我们就没有再步行，房老师也没有像上山时那样谈笑风生了，下嘴唇那条疤痕像经过霜冻后似的更加铁青，更加可怕。

以后，我就升入高中，和房老师直接接触也不多了，只知道揭批"四人帮"时，有人给他贴了张大字报"房兆良挡水捂盖子罪该万死"。当时，我心里觉得很好笑：房老师穷得连双鞋还是大张嘴的哩，还跟人家们搞什么运动呢。

房老师是去年离开人世的，据说在他弥留之际对爱人说了一句话："孩子快过生日了，割上二斤肉好好过过。"不管是真是假，我听了，相信那一定是真的。像房老师这样的硬汉子，在这个人世上走一遭最后在告别生命的时候，他还能说些什么呢？

冬天啊，真冷，真严肃。夏天，总是像个浪漫热情的诗人；冬天却是个严肃的哲学家。他对发生在历史上的一件件平凡的事情，都在给予理性的评判。

于是，我想冬天一定是有眼睛的。

走进书房

　　我有一位画家朋友王耀生，是山西人民出版社的美编。我们曾同在山西大学念书，我学的是中文专业，耀生兄学的是美术专业。耀生既画油画，又作国画，在我的心目中，耀生的画是很棒的。大学毕业后，我们各奔东西，各忙各的，自然也都逃不过择业—娶妻—生子的老一套。我被分配到山西杏花村汾酒厂宣传部，经常接待来自全国各地的新闻界记者朋友，生活在酒都酒乡，中午免不了要和大家喝几杯，我酒量不大，因此，往往就喝得酒不醉人人自醉，甚至连念过的子曰诗云也醉得记不起来，哪还顾得上斯文。听太原的朋友说，那些年，耀生主要是从事商业画册的运作，靠组织几本画册搞些创收，好像也赚了些钱，买了辆私家车。当时，我想：耀生肯定过得不错，至少是囊中不羞涩。

　　偶然有一日，我在《山西日报》上翻到耀生的一篇文章《走进画室》。洋洋洒洒数千言，对人生事业几多感慨，颇有见地。只是没有谈到赚钱的事，我想耀生兄终究还是文人，君子不言钱。但怎么说，耀生兄的这篇文章对我还是很有影响，以至于让我每每酒足饭饱躺在床上后，《走进画室》这篇文章，总是在我眼前晃动。我恨耀生那么吝啬，哪怕在你的文章结尾处捎上一笔，"他妈的钱这东西"。然而，没有。

　　不要再难为他老兄了，耀生毕竟还是个画家，毕竟还是个文人。至少他在物欲横流的现实社会，还没有沉沦，还有些艺术家的良知。艺术家也是人，也有妻儿老小，也要衣食住行，而且，更重要的是一个卓越的艺术家尤其需要丰富的生活积累，不排除在浓浓的商业氛围中，寻找和发现生活的美，寻求自身生存的空间和坐标。换个活法，不亦乐乎。

从学校的画室走出来，到社会中去寻找自己的发展空间，经过较长一段时期的生活体验和生活积累，再重新走进自己的画室。从以现实生活为原型，塑造"理想"的人物形象，到刻意研究"禅宗"文学，再重新审视现实生活，提升写作品位。我以为，这不仅仅是作家艺术家艺术表现的重复回归，而且是生活积累的升华和释放。

我要走进书房了，茫茫的人海，纷纭变幻的社会，至高无上的良知和社会责任感，感染和感悟着一个时代文人一种怀念和奔发的情愫，作家也好，艺术家也好，都只能是属于一个时代的。不要再责怪耀生兄了，平常心的境界是一种崇高的境界，是需要付出一生心血才能达到的境界，它是一种理念，一种精神，一种对生活大彻大悟的审视。

我走进了书房。我又一次走近了柏拉图的《理想园》，肖洛霍夫《静静的顿河》和茅盾先生的《子夜》。我四十岁，四十不惑，该到超越和升华的时候了。

我企望有更多的人走进……

2003 年 1 月

松竹千尺　唯有虚心

　　罗元贞教授是我国著名的历史学家。特别是在隋唐史的研究领域里，造诣颇深。对"千古一帝"武则天的研究可谓"全国第一人"。我在山西大学念书时，听说罗教授根据古诗词的平仄韵律为毛泽东主席的诗词《长征》改过一个字（注，原诗为"金沙浪拍云崖暖"，罗教授改为"金沙水拍云崖暖"），被世人誉为"一字之师"。据说，毛主席曾为此专门给罗元贞先生写过一封致谢信。

　　我早就想同罗先生谋一面，这个机会终于来了。1986 年 4 月 30 日，由山西诗词学会组织，山西著名诗人学者马作楫、冈夫、郝树侯、罗元贞等二十余人的参观团莅临山西杏花村汾酒厂。当时我在汾酒厂团委工作，于是，就有幸接待了罗元贞教授一行。那天，天高云淡，春意融融，我带大家参观了汾酒厂的酿造车间、成装车间、酒库和酒文化展览馆。中午，我们一起品尝了汾酒、竹叶青等中国名酒，诗人学者开怀畅饮，气氛甚是热烈。罗先生不善饮酒，但那天还是喝了一些，举杯频频，诗酒论旧。马作楫先生还挥毫泼墨，当即为我们办的团刊《汾酒青年》题了词，真可谓诗酒杏花村。

　　时隔不久，1986 年 5 月 3 日，意想不到的是德高望重的罗元贞先生给我写来一封语重心长寓意深刻的信，并书赠两联。现敬抄如下：

　　李峰同学：
　　　承多方关照，极为感谢。

今赠联两副。一、以竹比人，应该及早修养品德节操，至地位高时则更要虚心。二、人应学千尺青松及云霄间之白鹤，能出类拔萃，不甘庸庸碌碌。

是下年青聪明能干，前途无量，惟宜注意身体健康。

并颂

春祺

未出土时先有节
到凌云处更虚心

万花开处松千尺
众鸟鸣时鹤一声

右二联书赠李峰同学

罗元贞

之后，我请了忻州的一位书法家把罗教授的这两副书联写在宣纸上，并精心地装裱出来。无论是身居斗室，还是搬到商品楼，我都会"端端庄庄"地把罗老的这两副字挂在显要位置，作为我学习和工作的座右铭。

松树的风格，体现了坚忍的意志，凌云翠竹可鉴人间品节。罗先生离开我们已好几年了，然而，罗先生所教诲的松鹤气魄，虚寒劲节，多少年来，一直影响和鼓舞着我。

有节无心亦堪豪，傲立天地志冲霄。罗元贞先生，我永远的人格之师。

陌　生

　　这是一种陌生，一种熟悉的陌生，一种绝对的陌生，一种大彻大悟后的陌生。

　　在万丝红云的烘衬下，在寂静的早晨，太阳缓缓地升起。这是冬日的清晨，远处隐隐约约的楼群，叠映在红云的背景里，轮廓模糊。商业街上偶尔传来几声汽车的喇叭声，调子拉得好长好长，像熟睡后的人们伸完懒腰后，打了几个呵欠。几条纵横交错的城市环形路就静静地躺在这座城市里，修剪得过分一律的城市路旁绿化树，拘谨得让人想起干枯的木乃伊。

　　太阳升起来了，城市就笼罩在一层薄雾薄纱里，透明的，飘荡的。

　　我站在小小的阳台上，眺望着这座城市的醒来，想象着也许昨夜这座城市的一个夜总会被公安查了，红的蓝的警灯频频地闪现着，划破了城市的夜空，随着一声高过一声的警笛声，警车就像一颗流星稍纵即逝。罪恶带走了，空虚和堕落也走了，夜总会不远处的小夜摊还亮着一盏昏黄的灯，在微风中摇来晃去，小夜摊是一对小两口开的，卖着小烧烤，有炸的火腿、带鱼块、羊肉串……我仿佛看见还有炸的一串串钱、血、眼泪……

　　我擦了擦惺忪的眼睛，心中淡淡一笑，从阳台跨过让我做过多少噩梦的卧室，来到书房。我看到了许多许多似曾相识的书籍，我看到了书架上一本厚厚的《毛泽东选集》。我有非常热切的希望，想把它再次捧到手里，然而，我没有，我坐在了书桌边，书桌面上什么也不放着。

我出神地盯着书室、卧室，还有让我产生无尽遐想的阳台。我熟悉吗？淡淡地微笑。我知道那是心中最无奈最陌生的笑。于是，我又想起了乡下瓦房上那袅袅炊烟，一缕一缕。

我摊开了一沓稿纸，白白净净的一沓稿纸，我想写一篇《我们丢了》的文章。太阳斜斜地照在我的书桌上，一点生气也没有。我把"丢"字写在了稿纸的第二行，可怎么看也不像那个"丢"字。我索性把这一页稿纸揉成一团，扔到废纸篓里。那一沓稿纸就又像是我小学的作文本了。我小学时作文写得很好，每写完一篇作文，语文老师阅批后，第二天，在课堂上都要给同班学生朗诵一遍，有的就张贴在教室后面的黑板上，当范文来让其他同学学习。现在想起来，那些作文的主题也大多是记叙好人好事，谈长大后的理想等等。我长大了，现在的我比当时我的语文老师的年龄还要大了，我的文章也在报刊上发表了不少，我的语文老师也把我视为是"得意门生"，也许我就真的是成了"社会主义的红色接班人"了。记得有一次老师让学生用"接班人"造句，我觉得爸爸妈妈都是工人，工人阶级是领导阶级，工人是世界上最伟大最好的。于是，我就造了一句"我长大后要接爸爸妈妈的班"。第二天，老师把我叫到教研室，让我把这段造句改成"长大后我们要接社会主义的班"。老师的眼神是严肃的，是无私的。我把目光转向了书柜，足足有两千册书，静静地排在书架上，我想从中得到一些启示，一点灵感，我想知道我丢了什么。是小学的作文本，还是儿时的梦。

太阳西斜了，软软的，像一个疲倦的老人，我没有勇气再走到我的阳台，我怕那些熟悉而陌生的怪念头再闯入我的脑海。我想回到乡下有缕缕炊烟的小屋，找到我的作文本，可是我毕竟不是八九点钟的太阳。软软的太阳也不再顾及我的情感和想象。我发现夕阳西下的速度是那么快，让人来不及喘息和思索。写不出东西，我就翻开我的第一本诗集《青春的折光》，山西著名诗人马作楫先生为我写的序言，仿佛我又看到了我的老师马作楫先生。据诗友们说，马先生今年就八十岁了。哦，为人生为幸福歌吟一生的马先生还在歌唱，我前几日在《山西日报》上还看到老先生的诗作，马先生八十高龄还有一颗年轻的诗心。我有吗？我还会作作文吗？于是，我又伏在书桌前，趁着夕阳的余光，铺开稿纸，我还是想写《我们丢了》。

月亮是黑夜中的太阳，月亮是一个沉静的诗人。我舍不得我的阳台，那个让我饱览无余的阳台；我舍不得陌生，那让我熟透的陌生。夜总会的霓虹灯又亮了，小烧烤摊又响起了劈里叭啦的木炭燃烧声，那缕缕向上的青烟就像我的家乡灶台冒出的炊烟。

《毛泽东选集》依旧摆放在书柜里，我在茫茫的夜空，寻找语文老师欣喜的目光和马老先生的热情，还有令人心动的陌生。

赞美诗响起的时候

爷爷一直住在指挥街 7 号。

指挥街是一条东西小街。街面不是很宽，在许多已经改装改建过的街门之间，星星点点闪现着一些古老的旧式门面，有砖雕的、有木雕的，隐隐透着一份年久古远的气息。这条街往西跨过一个十字路口，是被两棵古槐树罩得严严实实的汾阳基督教公理会，也就是基督徒们吟唱赞美诗的教堂所在。教堂是美国传教士建筑的，颇有些哥特风格。教堂有一个高高的标志性建筑，因为是洋人建的，所以叫"洋楼"。洋楼的上部像一个人的脸，鼻子和眼睛都是三个深深的黑窟窿，仿佛还透着凉气，煞是怕人，阴森森的。指挥街北面有条二府街，仍是东西走向。二府街最西头是享誉三晋的铭义中学，现在叫汾阳中学；稍往东移一点就是汾阳医院，是 1908 年美国人万德生建造的。医院正对门是原日本宪兵队，那是汾阳大武官张剑南的宅院。

爷爷就居住在这两条充满宗教和恐惧的长街之中。

爷爷生于清光绪三十一年（1905）。从我有记忆起，爷爷给我的印象就是：慈善和蔼，老态龙钟。爷爷不信教，也不信佛。准确地说，爷爷什么都不信，对于他来说，这个世界好像就那么回事，什么事都是应该的，也都是不应该的。

爷爷是个木匠，人称"木匠李师"，为人打嫁妆，为单位加工办公桌椅、课桌。日复一日，年复一年，木匠李师仍是木匠李师，只是爷爷的腰一天比一天弯得多了。

可爷爷在我们县城怎么说也算个人物。

爷爷的工作单位在汾阳中学，属于教职员工中的"职员"。每天一吃早饭，爷爷就会把一个很结实的帆布搭袋往一辆旧自行车后架上一搭，然后，把他的劳动工具刨子、拉锯、墨线盒等往搭袋两头一装，再把木工专用的扁铅笔削尖放在上衣口袋里，然后穿过指挥街，拐过那个十字路口就起程上工了。有一年，汾阳中学的四楼，就是现在的办公楼忽然着了大火。这座办公楼是美国人建造的，是一座典型的木结构建筑，昔日的飞檐斗拱，琉璃砖瓦，瞬间毁于一旦。劫后恢复建造时，多少工匠，包括邻近文水、孝义的一些古建工程人员，几天几夜也琢磨不出楼的"挑角"怎么恢复原状。于是，校领导找到爷爷抱着试试的口气说：李师，你知道怎么做吗？爷爷淡淡地回答：我试试吧。听爸爸说爷爷回家后，每日收工回来就盘腿坐在炕上，铺上他的烟盒纸在上面画呀画。终于，有一天爷爷在自家小院里用边角木料"研制"出了一个微缩了的"挑角"。然后，爷爷就把这个小"挑角"装在了他的搭袋里拿到学校。果然，不久，工匠们就按爷爷设计的样子，恢复建好了办公楼，那座洋建筑在一个中国小木匠的手下又恢复了昔日的雄姿。那天，奶奶特意给爷爷炒了个韭菜鸡蛋，温好了酒，爷爷就就着他的"狄遗元"腐乳和韭花喝起了小酒。我想，打那以后，爷爷在奶奶的心目中，形象肯定高大了许多。反正往后的日子里，爷爷每天收工回来，坐下来喝酒时，桌子上的下酒菜比往常多了一些。

爷爷出名了。

马刨神泉位于汾阳峪道河山上，是汾阳著名的避暑旅游景点。那年，县里要在那里建造一个古亭子，有关部门直接就找到爷爷，请他去帮助设计建造。爷爷二话没说，带上他的烟盒纸、扁铅笔和几个徒弟就上山了。一去就是一个星期，爷爷过得挺快活，每天和徒弟们"研究"古亭子的结构，白天吃在那里，晚上也就住在那里。爷爷居然又把那亭子如此这般地设计了一番。那些天，全家人总担心他年纪大了，山高天气凉。可等建好亭子，爷爷回来时却说：山上比城里凉快。那时，我看到爷爷脸上有了些红晕，清瘦而结实的身子骨比过去还硬朗了。

爷爷的生活是平淡的，平淡得就像一碗白水，简单得就像周末基督教堂年复一年吟诵的赞美诗。退休后，爷爷就在自家院子里做些小板凳、小桌子送给亲戚朋友。听妈妈说爷爷年轻时也爱玩几把麻将，可是我们一次也未目睹爷爷的麻将风采。但是听说有一年夏天，一个朋友请他去帮忙盖房做门窗，爷爷仍是二话不说就去了，一去就是十几天，据说门窗做好后，朋友要给爷爷工钱意思一下，爷爷硬是铁着脸不要。晚上，朋友请爷爷玩几把牌，爷爷不仅没赚到钱，还把临走时奶奶给他装上的几个零花钱也都输光了。朋友送回爷爷的那天，爷爷还叫奶奶炒了一大桌菜，爷爷的朋友就喝得酩酊大醉了。我记得那也是个星期天，指挥街西头的教堂里是嗯嗯啊啊地唱赞美诗声，另一头爷爷家是几个醉汉的醉语：李师好人，李师好人。

爷爷活得洒脱，谁也不知道他这一生想要什么，挂念什么。好长一段时间我总有个愿望，想让爷爷从破旧的房子里搬出来。那是一个腊月，我设法争取到了汾中退下来的一套窑洞宿舍，旧是旧点，可是房子大，又有自来水，还有个小后院。也不管爷爷愿意不愿意，我们几个人一上午就把爷爷的家搬了过去，事实上爷爷也没说什么，晚上我们爷孙俩还喝了几盅。谁想到第二天一大早爷爷就闹着不住了，嚷着马上就要搬回去，理由是不习惯，尤其是"新"房子没热炕。后来听奶奶说搬家当天夜里，爷爷从木床上掉了下来，好在没摔着。我们拗不过爷爷，只得第二天再搬回原来的旧房子里。爷爷说：这里睡得舒坦。于是，在之后的日子里，爷爷又睡到了他的土炕上，又把他打家具时剩下的边角柏木，放在火灶上烤了起来。于是，爷爷的鼾声就伴着一缕缕柏木的香味满屋喷香。

1994年爷爷平平静静地走完了他九十年的人生历程。爷爷病了没几天就去世了，他走得很安详，仿佛一切都是自然安排的，也算是瓜熟蒂落吧。爷爷的寿木是自己在二十多年前就做好的，做好后，爷爷在自己的棺木里还躺下试了试说：正好。爷爷去世的那一天清晨，正好也是周末，远方基督教堂里教徒们还在悠扬地唱着他们的赞美诗。

爷爷走了，但赞美诗还要唱下去。

感觉彦平

晨六时，梦醒，北方的冬季，*丝丝冷意扰梦*。

我梦到彦平了。彦平是我的老师，也是我的兄长，他是个画家。

我梦见一个零乱的小杂院里（也许就是天主教堂旁，他全家曾在此住过），那天晚上，天很黑，我满院子找他，只见一个小屋透出些亮光，从玻璃外往屋里看，墙上横竖钉着许多素描画。靠窗户这里竖挂着一张大的素描女裸画，但屋里没有人。在另一间大些的房子里，我看到了他：长长的直直的头发披在肩上，面庞依旧是那么棱角分明，瘦而坚毅。眼睛里透出艺术家特有的灵气。两条牛仔裤套在一起穿着，因为我确实看到他有一条牛仔裤下摆是开了衩的，很旧。我说：什么时候走？他说：很快。我说：快过年了。他说：我的事业是画画，我必须出去画画去。我说：去哪儿？他说：去云南，我们还有几个朋友同往。我说：也好，随愿。有些画友也好有个照顾。彦平是坐在一个靠背椅上的，他的母亲就坐在一条小扁凳上，就紧靠着他坐在他的腿跟前。我望着彦平母亲的那种无奈的目光，顿觉：善哉，母亲。

梦醒不能再入睡，脑子里全是与彦平相处的画面。

彦平是我在东方红小学念书时的美术老师，那是 20 世纪 70 年代的事情，那时，彦平老师年轻帅气，我们就跟着他学习水粉画、水彩画，学些美术字。业余时间，就跟着他在剧场、政府招待所院内画大型"革命壁画"——有粉碎"四人帮"的、有抓革命促生产的，还有工农商学兵的。后来，彦平第一次从山西大学艺术系毕业回来，住在县城鼓楼东文化馆。岩松、寒冰、丹平同我一起在文化馆跟彦平学画画，还有现在在日本国留学的新明，还有一位习画女士樊晋峰。当时，他的师兄弟有现山西画家王耀生、李春明等。算起来当时在我们这个小小的县城，也算是形成了一个规模不小的艺术圈。

彦平第二次上大学是 1979 年，上的仍是山西大学艺术系。次年，我考入该校中文系。师徒俩又成了校友，不过，他的画画是专业的，而我画画却成了业余的。记得那是 1983 年，彦平要毕业了，听山大汾阳老乡说彦平的毕业创作没通过，他的指导老师都给他气跑了。说实在的，在我心目中，彦平是最优秀的画家，何况他念了两次山大艺术系，怎么会毕业创作通不过呢！于是我径自赶到艺术系教室看他们的毕业创作。偌大的一个教室里，我一眼就看到了彦平的作品。当时彦平不在。后来听说他的指导老师几番苦口婆心让他修改毕业创作，但他就是不听，画好后就再也不管不理，睡大觉去了。我站在彦平的毕业创作前，记得那幅画叫《收获季节》，整个画面笼罩着一种笨拙的美，反映的是几个村姑在果园里收获。村姑那肥厚的脚板子，宽大的腰身，因收获的喜悦而溢在脸上的粗笑，被彦平用一种夸张、感悟的艺术手法表现出来。从表现形式上来看，我发现他的画既有中国画大写意的洒脱，又有西方油画的凝重，作画颜料也是既用国画颜料，又用油画颜料，我看肯定还有水粉画的颜料。真的，那时，我想那根本就不是一幅画，而就是中国农民丰收后的一种喜悦，一种情愫，一种意念感觉后的体验。

再次毕业后，彦平就主动只身去了西藏，也许他是去寻找一种真正属于他的艺术去了。几年后，我收到了彦平从中国美术馆寄来的一张画展海报和邀请书，正面印着中国最前卫的水墨画家李彦平的简历和艺术主张，背面印着一幅参展作品小样，这一小张画叫《为欢喜佛造型》。我因跟随领导有外出活动，未能到北京参观他的个人画展，但我可以肯定地说，那个画展一定很美，一定是西域文明的艺术再现，一定是彦平纯真艺术心灵与那块充满神奇土地的艺术大碰撞。

后来，也是在冬日。在酒都杏花村见过彦平一次后，得知他到了世界艺术摇篮奥地利定居。再一次相见就是1994年的那次了，那是他回国探亲。好热闹的，我们几个画友和彦平聚在一起，痛痛快快地喝了一次酒，痛痛快快地玩了几天，痛痛快快地侃了许多。那次彦平应邀为家乡人在市老干部活动中心现场作了一幅画，那天汾阳书画界前辈都去了，有刘守覃、王捷三、靳冠山、武毓璋等老先生，也有政府官员，还有彦平的崇拜者。当时，我分管汾阳电视台工作，我想何不趁此搞个艺术专题片呢，于是我们就临时组成了一个节目组，记得我们电视台主持人冯玉昌先生问他：李老师，您在画什么呢？他定了定神说：画感觉。冯玉昌先生又问他：那您感觉到什么了呢？他说：我正在感觉，我正在感觉我与自然。在以后的专题采访中，彦平说他认为艺术就是感觉，就是一种心灵的体现。多少年过去了，我在我的散文和诗歌创作中，也时时在体会着彦平老师的"感觉"，而且我也确实感觉到了艺术是那么神秘，那么奇怪，那么让人心动。也许那就是老师的"感觉"，或者说就是一种灵感吧。

现在，彦平仍在奥地利画画，而且并非国人所想象的过着香车美女、富裕豪奢的生活。据说，他仍是一个清苦画家，仍是一个视艺术为生命的最前卫的艺术家。

那么，彦平，我是在中国北方的冬天梦到你了，你现在又感觉到了什么呢？

到云南感觉好，那里四季如春，国之春城。穿两条牛仔裤也没什么，烂了裤边也无妨。但我还要告诉你，不要画那些女裸了，那是我们初学画画时写生画的，你需要的是感觉。只要你仍在感觉着永远感觉着就好。

感觉彦平真好。

风箱——我的儿歌

我的童年是在我家风箱"吱扭吱扭"声中度过的。

风箱是个长方体的木匣子，箱体正面有个拉杆，背面有个小四方进风孔和一小块木板风叶，侧面用一根不算粗的铁皮管子连接在灶台炉盘底下，它的作用主要是鼓风助燃。

我的爷爷是好木匠，自然也就会做风箱。爷爷做风箱从来不用钉子，他把每块木板解好刨平，每块板都开好卯子，用骨胶牢牢地粘在一起，在风箱的拉杆上涂上一层蜡，再把抽风板四周裹上一圈密密的鸡毛密封条，风箱就做好了。新做的风箱是不好用的，拉起来很费劲，就像新买的摩托车要有一段磨合期一样，风箱也有个磨合阶段。磨合好的风箱拉起来既出风大，又省力气。

新做好风箱，为了让两个弟弟省点力气，总是我先拉几天。弟弟们也总是抢着要拉。于是，我就趁爸爸妈妈和弟弟们熟睡的时候，早早地轻手轻脚地起了床，站在灶台前，把炉膛里前一天燃尽的炉灰掏掉，再把准备好的柴火放进去，用一根火柴点燃一块烟盒纸，从炉盘底下把火点着，再轻轻地拉几下风箱，等炉膛里的火燃旺时，把前一天晚上就放在簸箕里的块炭添在燃着的柴火上，先是一股股呛鼻的浓烟，等慢慢地拉几下风箱后，灶口就会冒出旺旺的火苗。缕缕青烟大部分会经过灶膛、烟囱排到空中，残留下来的一些也渐渐地从我家小灶房飘出去，在朦胧的晨曦里，随着"吱扭吱扭"的风箱声，火苗呼呼地燃着，淡灰色的青烟在空中飘忽不定，画出一个又一个可爱的图案，好温馨好浪漫。等爸爸妈妈和弟弟们起床后，火已经烧得很旺了。天，已显现出鱼肚白。

我家住的是过去地主宅院内的一间偏窑，登上窑顶的窑坡坡底下掏了个拱形小浅窑，那就是我家院子里安灶台和风箱的地方。我家的风箱一年四季都安装在院子里的灶台旁。炎炎夏日的中午拉风箱是最苦的差事。爸爸妈妈炒菜做面，我们兄弟三人就用石头剪子布的办法决定谁先拉，谁输了就谁先拉一百下。我天生手笨，准是我先输。我在一边费力地拉，弟弟们就把用冷水浸泡过的湿毛巾递给我，帮我擦头上的汗，爸爸妈妈看到我们兄弟三人和睦相处，配合默契，很开心很惬意。

当一轮圆月高挂在宁静的天边时，伴着夜晚徐徐吹来的微风，我们兄弟三人围坐在小饭桌旁，吃着爸爸妈妈做的可口饭菜。每到这时，往往是爸爸坐在马扎上，轻松地拉着风箱，妈妈在一旁给我们准备洗脸烫脚水。风箱的轻风通过炉膛，在灶口窜出一团团火焰，在炉火的映照下，我看到辛勤劳作一天的爸爸妈妈总会露出会心的微笑。尽管我们一家五口挤在一间小小的窑洞里，尽管我们明天还会再拉起风箱，爸爸妈妈还照旧要早早地去工厂上班。

现在，风箱是早不用了，弟弟们已经在外地当了教授和银行白领职员，爸爸妈妈也退休在家安享晚年。而我在无数个夜晚一个人独自坐在我宽敞的小楼房前，总会想到我那难忘的童年，我那欢乐的风箱。于是，我想，风箱就是我的儿歌。

一座村庄的印象

太阳轻轻地爬在那座丛丛莽莽的山尖上，斜斜地照着这座山庄。山是结实的、饱经风霜的，像老者硬硬的胡茬。山的对面就是一座村庄，倚坡而建，远远望去，村庄显得是那么疲倦，像老妇人拖沓松软的奶子。

山是黄芦岭，村叫田家庄。

汽车在辗转颠簸中穿行，尘土随意飞扬着，干枯杂乱的小丛林胡乱地生长在那暗红色的焦土上。无数个小飞蝶在挡风玻璃前扑来扑去，然后飞到丛林边雨后积水的泥潭里。快到田家庄时，山体逐渐变成了坚硬的峭壁，蜿蜒的山路边零星地闪现出了一片一片灰蓝灰蓝的河床冲刷板，坚硬光滑。这种情景告诉我：这里曾是青山绿水、鸟语花香的地方。

村长姓刘，乱哄哄的胡茬和乱哄哄的卷发，围着一张黧黑的脸。

村长站在半山坡上，一头衰老的黄牛就横卧在他身后。没寒暄几句，村长就叫上自家的老婆开始张罗午饭。村长的房子是在半坡上掏的两间窑洞，掏好土窑后再用砖砌出来。窑洞两旁，还有两个土窑连在一起，算是堆放杂物的地方。

虽说是六月的夏季，可山里人做饭、烧水仍在窑洞里，而且生火不用煤，从灶火旁的小岔洞里抓几根劈柴放在炉膛里一点就行。有时候，火苗就顺着柴火燃到灶口上边。村长老婆也不怕烫，用手往火口里一按，转身该干什么干什么去了。好在窑洞冬暖夏凉，也不觉得热。上山时，从城里带的水很快就喝完了。村长提过暖瓶说："加点吧。"过了一会，村长问我："这水好喝吗？"我说："还可以，软软的。"村长就嘿嘿地笑着说："好喝着咧，这是去年的水，已经沤了一年了。"

原来，这里吃的都是沤过的雨水。家家户户在自家院里都要挖个大土窑，用水泥裹出来，等天下雨时，先把自家院子打扫得干干净净，让雨水先冲刷一遍，然后再把雨水流到窑里，一年顶一年，大约十年左右清一次窑里的淤泥，沤过的雨水也就没什么异味了。

田家庄可不是穷村子。我们在窑洞里喝酒的时候，村长老刘告诉我们，田家庄全村二十户，七十个人。村里人的收入主要是靠核桃、莜麦和山药（土豆）。每年到收获季节，就有商贩到村里收购这些农产品，卖了的钱，再买些白面，日子过得富富余余。村长老刘自豪地说，田家庄古年间，原本是三泉镇一个名门望族的庄园，现在还有陕西、江西的女人嫁到俺村不少哩。村里绝大多数人还信仰着天主教。

天主教堂的建筑全部是用砖砌的，颇有些西洋风格。每到周末，还有山外的神父来做弥撒。每家每户都是既过春节又过圣诞节。

晌午后的田家庄，静静的，绝对没有山外的喧嚣。站在空旷的坡顶上，能听到沟底牧羊汉的吆喝和黄芦岭大山里布谷鸟的歌声。习习凉风拂过核桃树的叶子吹过来，清爽无比。就要离开这座山庄了，还挺舍不得村长老刘的酒，舍不得山药片子，舍不得那几眼土窑洞……

村长老刘和他老婆，站在那没有围墙的土坡院子里，目送我们下山。那山、那牛、那牧羊汉的吆喝声和布谷鸟的歌声，被远远地甩在了深山老林和黄土坡上。

凄雨西府街

　　幸福的家庭总是相似的，不幸的家庭各有各的不幸。这是俄国著名作家托尔斯泰的一句名言，也是所有经历过曲折人生的人们共同的感受。

　　二姑住在县城西府街，二姑一家就属于不幸的家庭。

　　二姑今年四十多岁，膝下生有两个女儿。正当两个女儿风华正茂、亭亭玉立的时候，正当二姑一家对生活充满美好向往的时候，灾难降临了，二姑的两个女儿均因先天性心脏病先后离开了人世。

　　海水再苦还有丝丝咸意，海浪再高尚能激起壮美的浪花。二姑的苦，那真是刻骨铭心的苦。

　　二姑和二姑夫都是下岗职工。平常二姑给一家个体米厂"拣米"，二姑夫则是碰到什么活干什么活，四口之家的日子过得那真是又紧巴又可怜。

　　先走的是二姑的二女儿，名叫艳君，那年她只有十四岁。艳君从小生活在农村，聪明又可爱。由于打小生活在农舍，艳君扁圆的脸上憨态可掬，两个短短的牛角辫透出她的倔强和任性。那年，她奶奶把她领回城里，让她对着自己的亲妈喊一声"妈"，艳君愣是不肯。她说，奶妈每天给我暖被窝，奶妈才是我的妈。而且，天一黑，就拉着嚷着奶妈要回"家"。每到这时，二姑的心就像倒翻了的五味瓶，一种愧疚之情溢在脸上。艳君离开人世的那天，淅淅沥沥的冷雨拍打着二姑的小窗，浸湿着二姑夫的心。二姑哭得死去活来。那是一种绝望的呼唤，那是一种撕心裂肺、寸断肝肠的号啕。怎能舍得呢，奶出去的孩子也是妈身上的肉啊。

我敢肯定，如果能让二姑的死换来女儿的生命，二姑也会去做的，哪怕是让女儿再多活一年一月一天……在整理艳君的遗物时，二姑发现女儿在临死前，已将自己的东西收拾成了一个小包一个小包，每个小包上都用白胶布贴了标签："艳君的冬装""艳君的夏装"……

二姑就这样痛失了自己的二女儿。

黄河的水还有一段流域是清冽的，然而，二姑的命是永无休止的悲惨，哪是一个"苦"字能言。2002 年初冬，二姑的大女儿艳丽也因先天性心脏病永远地离开了二姑。比起妹妹来，艳丽长得又高又胖，圆圆的脸庞上镶嵌着一双炯炯有神的大眼睛，厚厚的耳垂，俊俏的小鼻子，怎么也看不出是个命运多舛的女孩。艳丽从小喜欢学弹钢琴，二姑二姑夫就省吃俭用让孩子学琴，并凑借了近两万元为大女儿在省城做了心脏手术。二女儿艳君走后，二姑那真是整天提心吊胆，如履薄冰，生怕大女儿再有意外。本来二姑和二姑夫商量好是想让艳丽退学在家休养，但女儿硬是不同意。为了让自己的孩子也能像其他活蹦乱跳的女孩一样，为了让孩子有一个健康愉快的心态，二姑只能送女儿到杏花村镇上了高中。为此，二姑专门安了住宅电话，这哪是先进的通信工具，对于二姑一家来说，那部电话机简直就是一颗定时炸弹，时时害怕有不好的消息从杏花村传来。好在上高中的三年间，悲剧没有发生。二姑就又让女儿到省城太原参加了钢琴考级，成绩居然还不错。那些天，二姑就拿着女儿的考级证书让邻居看，让亲戚瞧。不久，艳丽就又考上了吕梁高专音乐专业。在等录取通知书的那些日子里，二姑二姑夫的心真是一天也平静不下来，既想让女儿也念念大学，又怕女儿身体吃不消，不能正常完成学业，还愁筹不到上大学的学费，真是不知如何是好。但二姑终究是个坚强的女人，无论自己多么吃苦受难，也要让女儿如愿以偿。然而，厄运仍然无情地降临于二姑一家，十九岁的艳丽还是被夺去了生命。艳丽仅仅上了一天大学。真是应了那句老话：心比天高，命比纸薄。艳丽出殡的那天，天上下起了雨夹雪，零零落落的小纸花飘洒在泥泞的西府街。

二姑的眼里没有了光，曾孕育了两个生命的二姑的小屋也衰败不堪了，尽管艳丽的同学们坐在炕头对二姑说："姨，往后我们都是您的孩子。"然而，二姑木然了，那死死的眼神，绝望地盯着地上。

两个可爱的女儿都走了，走得那么匆忙，都走在冷雨洒落的季节，都过早地走出了那条充满童年欢乐的小街。

二姑又开始到米厂"拣米"了，二姑夫又开始给人家打零工了。于是，我想起了车尔尼雪夫斯基那句著名的美学格言：活着就是美。

寻找年味

无论如何我是坚持要在家过年吃年饭。

忙忙碌碌一年了，在浮躁和让人喘不过气息的生命中，伴随着除夕夜噼里啪啦的鞭炮声之后，我静静地端坐在电视机前，品着芬芳四溢的香茶，手机不停地提示着来自四面八方的祝福。我无暇顾及。我只是想静静地等待，不，准确地说是寻找。寻找一个属于我的年，哪怕是一点点……

进入腊月二十三以后，就不断有亲朋好友相约到酒店订年饭吃年饭。让我不知所措。因为在我眼前时不时准会晃动着儿时滚铁环、打转转、跳界界……哦，还有许多许多让我和过年联想到一块儿的趣事。她们是那么活灵活现，那么特别，那么让人心动。

反正今年我是决计要在家过年吃年饭了。我要细细地寻找，就像细细地品茗，慢慢地品酒。就我一个人。

已是大年初一零时三十分了，窗外仍是噼里啪啦的爆竹声。万家灯火，万炮齐鸣，蔚为壮观。记得儿时从过完上个年后，我们就开始积攒牙膏袋。那个时代的牙膏是装在用铅做的一种袋子里的，大小跟现在的差不多，外面也印着商标。大人们用时准是从袋底慢慢往上推挤，用完一袋后，牙膏袋也就挤成了个"凸"字的形状，我就很快将它收集起来，藏在一个小匣子里。每用完一个我就藏一个。过一段时间放学回来，准是要打开匣子数一数。一直数到腊月二十三又要过年了，才把它们卖到废品收购站，每个牙膏袋能卖两分钱。然后马上到土产公司买回一串两串鞭炮，每串一百响。到腊月三十晚，再把这些爆竹放到灶台上烤一烤，生怕有潮湿的。等到晚上别人家的孩子开始燃放时，我们兄弟仨才肯拿出去一个一个燃放。那个时候燃放爆竹的情景多美哟。皑皑的白雪映照着我们家门上爸爸自编自写的春联，小院子里迷漫着年饭香香的气味，我和弟弟们穿着母亲用了一个冬天才做好的"窝子头"棉暖鞋，爸爸在自家窗楞底下用铁丝捅了个小洞，我们就把拆开堆放在一起的爆竹拿出一个插在小洞里。这时，父亲早就把一支高粱秸在灶火里烧红拿到院子里，烧红的高粱秸冒着一缕缕青烟，我们就会嘟着小嘴"呼"地一吹，高粱秸就红起来了，然后，慢慢伸过手去把爆竹点燃，"叭"的一声脆响，爸爸和我们兄弟仨就哈哈地笑成了一团。偶有潮湿瞎捻了一个，我们就十分焦急，爸爸准是让我们躲得远远的，等确定不会再响时，我们就把这个瞎爆竹从窗楞底的小洞里拔出来，然后把它从中间一掰，只需露出火药就可以了，还不能彻底折断。这时，弟弟们总会再从爆竹堆取来一个，把导火索夹在掰开的这根爆竹中间，做成个大炮状，架在雪地上，再嘟起小嘴吹红高粱秸，点燃"炮口"，然后，就"叭"地又响了，这种"炮"的声音比单个的要大。那时爸爸和我们就又哈哈地笑成一团了，仿佛我们父子们成功地做了一件很了不起的事情。那时，坐在炕头为我们的新衣服钉扣子的母亲也会露出甜甜的笑声。红红的灶火映着母亲的脸颊，很是好看。

童年时的大年初一总是在父亲燃放的几个"二响炮"中到来的。现在是轮着我了。在几乎是彻夜轰鸣的爆竹声中，又一个大年初一来了。我穿好妻子买的新衣服，在自家院里燃放了一大串鞭炮，可能是两千响，也可能是一万响吧。望着近乎满院的礼花筒、彩炮屑，我想儿时在我们整个三截院里可能最多也就放得起这么多爆竹。突然，我发现地上还有许多许多没有燃着的小爆竹，我又一次冲动起来，又想到了我们自制的"小架炮"，我躬下身欲取时，周围邻居燃起了爆竹，我想可能是几万响吧。我苦涩地笑了。

回屋洗干净手，在卫生间的壁镜中望着两鬓的几缕白发。我忙吆喝妻子女儿：走，到爷爷奶奶家。喝红糖水、吃柿饼，过年吃好饭去。

正月记事

一

天公不作美，腊月二十三才做的肉，隔不了几天就得看看闻闻。要么再放些盐，要么再放到锅里"嗞里哗啦"地炒一下，有的干脆就只得给鸡狗改善生活了。打正月初二，新媳妇回罢娘家起，左邻右舍就热闹起来：三亲六友，爷娘叔侄，今天你到他家，明儿个他来你家。正月里，你想说啥就说啥，想多会儿去就多会儿去，去不了也不要紧，横竖远到初八，哪天得空都是便宜饭。孩子们用那白馒头似的小手，这里抓块肉，那里蘸点油，嘴里一抿，然后往新衣服上一搓，母亲们也只是一股劲地乐，丝毫没有责怪的意思。顶多说上一句："孩子们耍心大，捣蛋点有出息。"中年主妇们凑在一起，冲着见风地往上长的大小伙，大姑娘直嘀咕："时节不过没精神，要不是为他（她）们呀，哼，咱们跟老头子们饭馆里美美吃上一顿不就没事了。""嗳，你家大小子也二十大几了吧，该找个对象了。

"嗳，你家闺女出落得如花似玉的，也该找个婆家了。女孩子们，终归是人家的人，哈哈哈！"好不舒心。男人们凑在一起，念得可又是一本经了，什么"生产"啦，"责任制"啦，"利润"呀，当然也少不了："哥俩好来，三星三星。"怎么能三心呢？谁都指望着自家个儿盈了利，到年底多闹两票子，好在老婆孩子面前也直直腰。

今儿个都初十了，他怎么还没来。晌午妈妈一下班，车子还没打稳，就火急烧毛地问我："你石柱伯伯还没来?"失望、洗手、闻肉。爸爸回来了，一手推着车子，一手提着二斤豆腐，一进门就问："你石柱伯伯还没来呀?!"失望，两块豆腐又白买了（正月里供应的豆腐就好多哩）。"把这碗肉再过过油吧，老头子。"妈妈把一碗肉递给爸爸，爸爸喷喷嘴，"嗞哩哗啦"过油。"把这几块烧肉喂狗吧。"妈妈没好气地挑出几块烧肉到院里。说吃比什么都积极，唉，连这么好的肉都不吃了，猫狗的生活水平也提高了。"都怨你，我说让二鬼到村里叫叫吧，你怎么说来?""不用，不用，哪年正月不是紧打紧就跑来了。"我学爸爸的腔调，谁让妈妈要叫我二鬼呢? 人家都念大学了。老两口都乐了，正月里嘛。何况爸爸妈妈又是知书识礼的人呢。"也就怪呀，我估摸他该来了"。爸爸过完油，燃上一支烟，好像在思索一个生产合同为什么要撕毁的重大问题。说的也是呀，年年正月里，爸爸总要把一些亲朋好友，三姑六婆的唤来吃顿饭，平素里哪有这闲工夫。就是石柱伯伯例外，我们家和他好像已经有一种默契：你不用请，我也该来。去年不就是初五来的吗? 爸爸知道他爱吃软的，专门做了个"江米丸子"，撒上雪白的糖，红红绿绿的玫瑰丝，要多美吃有多美吃。还得再吃几块油糕，米面可是他自己带来的。噢，还有一包四四方方上面包一小块红纸的月饼，乡下人呀，就这么多心。不过，他走的时候，妈妈也包了一包贴着红纸块的点心给他："让翠翠来吧。"翠翠是他的女人，女人和女人总是有种特殊感情。

"二鬼，下午你往村里跑上一趟吧，莫非出了什么事。"妈妈给我下达任务了——像连长命令通讯员送一封急信似的。不过她还是扫了"指导员"爸爸一眼，爸爸没吭声，只是一股劲地吞云吐雾，这是他表示同意的一种特殊方式。

二

谁说咱欺负土疙瘩的小里巴气、铁公鸡一毛不拔。石柱伯伯才不呢!四盘八碗把咱撑了个饱。还用他的锡酒壶灌了咱二两自家队里酿的酒哩。

到这会儿，身上还火辣辣的。肯定没喝多，才二两酒。怎么车把总是摇来晃去的，像得了神经病似的。真糊涂，车子后面不是带着一口袋红薯吗！多亏车子它老兄不懂得金钱的价值，要不然的话，少不了问我哭闹两平反费。平反？这是哪朝哪代才生出来的个怪种。爸爸不是说石柱伯伯前年才平了反吗？那么他原来就"反"吗？翠翠姨说："死鬼，城里家孩子，细皮嫩肉的，能带动吗？要不让隔壁他二伯伯的手扶送送吧。"呔，怎么成死鬼了呢，妈妈不是也叫我二鬼吗？"没事，孩子都一门扇高了，跌打跌打吧，嘿嘿，嘿嘿。"直嘿，就知道笑，莫非笑神经发达。嗯，还怕是 1977 年，搞什么揭批查运动，咱就听说"体育运动"，篮球、足球、一百米……哼，多棒。也难怪，咱那阵子还没一门扇高哩。"揭批查运动"恐怕是人家高年级的大哥哥姐姐们比赛的吧。屁！石柱伯伯说是"正经（治）运动。"我不知道爸爸是怎么认识这个大伯伯的，反正到我们家里的总是爸爸的朋友，就像二蛋、二毛是我的朋友一样。我就倒茶，点烟……那次石柱伯伯还相跟的一个大哥哥（嘴唇上没有毛，这是那时候我判断人年龄大小的标准）。

"嗯，大眼睛，招风耳，耳垂肉，福分都在这儿哩，嘿嘿。"石柱伯伯接过我递给他的烟，摸着我的小脑袋直乐。我的头发很短，爸爸说那是"小平头"。我觉得石柱伯伯那只又粗糙又厚大的手微微有点抖动，仿佛怕伤害我的头皮。

我盯着他的皮鞋，百思不解：怎么一开一合呢？像鱼的嘴一样，还有牙齿呢，我也乐了，原来他的鞋烂得张口了。爸爸不是常说："过去你爷爷穷得只能穿张口的鞋。"那位大哥哥可不乐，干吗非让人家笑不可，爸爸也不乐，只是一股劲地吸烟："你们要多帮助石柱，认真反省自己的错误，痛改前非，重新做人。"爸爸对那个大哥哥一本正经地说。什么错误？石柱伯伯也犯了错误？大人们犯错误？他们又不搞小动作，又不交头接耳，也不吃零食。我两只小眼睛瞪得贼圆，不过，不是看那对"大鲨鱼"了，而是盯着他那半睐着的皱纹纵横交错的小眼睛，仿佛那小眼睛里就是"错误"的发源地。呔，他吐出的一缕缕灰蒙蒙的烟，挡住了我的视线。嗯，这就是觉悟不高吧。毛主席不是说"要把我们培养成有文化有觉悟的劳动者"吗？石柱伯伯要走了，佝偻着腰，大哥哥也像一条肉尾巴似地跟在后面。爸爸把两盒"大前门"递给我，要我悄悄地塞到石柱伯伯的衣兜里。不行！他有错误，该罚，还白给他烟？我不上当，谁能说准爸爸不是考验我的觉悟呢？"来吧，又够两天熏了。"石柱伯伯倒自动把烟接过去了。他冲着我又乐了乐，眼睛还是眯得那么小，只是有点不大自然。我这才看清了他那灰白的胡子一直长到耳边。"好好念书，像我斗大的字不识一箩筐，我们小黑子是苦了。"我木然，"犯错误"的人也说好好念书？小黑子是他的儿子吗？

爸爸没有说有时间来吧。也没有招手，直到伯伯走远了，才拉着我的小手往回走去，我觉得他的手有些颤抖，怎么，爸爸也流泪!？说不清，世上的事怎么能像我们算一加一等于二那样简单呢？大哥哥大姐姐们的"正经运动"我还是参加不参加呢？孩提时代的问题就是多。到现在，不是有人说，你只能承认社会上有什么，是什么，不能问是什么为什么？

赶我长到能挑动一担水的时候，爸爸才告诉我：石柱伯伯是小杨庄的民兵营长，因为上告一位小杨庄蹲点的县革委干部，惹了祸，硬把他拉到了学习班。说他是"四人帮"的黑爪牙，来我们家的那个大哥哥是看管他的民兵。据说后来他俩成了割头不换的结拜兄弟哩，我还不太懂"上告""学习班"之类的名词。但"黑爪牙"一定不是个好东西，上次爸爸杀了一只大公鸡，就把一对黑爪爪让我扔到厕所里了。难怪他儿子叫小黑子呢。难道我也能变老吗？我这会儿多么好呀！有爸爸妈妈⋯⋯而小黑子的爸爸妈妈呢⋯

三

冷啊，二两酒已散得接近尾声了。车把也稳了许多，在大学里习惯了三点一线的生活规律（宿舍—教室—食堂），冷不丁上个街也是坐坐长虫似的电车。连车子也骑不好，真给山西人败兴。这会儿要有一个烤红薯多好呀。软乎乎的，热热的。不过你不能吃得过快、过多，要烧心的。大城市里还二角五一斤哩，啧啧。咱石柱伯伯家吃红薯，那才是"按需分配"呢！只要你肚子大，保管供应。那次我可不合算，屁股上平白无故给堆了三个包，那小不点医生真狠，还笑话我哩。想起来，还真疼哟。都怨石柱伯伯："城里孩子吃个稀罕，回去多带点。"你甭说，我还真带的不少呢。那是前年的正月初四，一大早，天有点发亮，石柱伯伯就骑着个除了铃铛不响其余都响的车子赶到我们家了，眼睛还是那么小，眉毛和那络腮胡子早被早晨的霜气打得白白的，两个裤筒用碎布条子拴了个莲花结。一进门，就连鞋带脚坐在炕上，我给他点上了一支烟。"咝咝咝"好一阵抽，眉毛胡须上的霜也渐渐地融化成一颗颗水珠了。他扯起袖子一抹，冲着爸爸没头没脑就嚷："哪一炷香没烧到了，请都请不动了，叫你昨儿个和孩子厮跟上去，咱门上有老虎呀，嗯？"爸爸给闹得没辙了。年前，石柱伯伯就说要我们父子俩初三去他家："正月初三啊，说定了，初二不用来，翠翠还要回娘家一趟，家里没人手，嘿嘿。"乡下人说话，丁是丁，卯是卯，一个萝卜一个坑，来实的。爸爸只说了声"看吧"。好，这就看吧，我说去，你说："你石柱伯伯才出了学习班，事儿又多，正月里更忙，东家请西家叫……"咸吃萝卜淡操心。这不，他只管抽烟，不"嘿嘿"了。"孩子都柱子似的了，咱蹲学习班那阵子，俺孩没少跑过腿，嗯。"石柱伯伯又用袖子抹了一下黧黑的脸。不过，我看出来了，他在抹两滴生泪。"咱就是没好吃好喝，粗茶淡饭也让俺孩沾沾，前个黑夜，我和黑子他妈包饺子到鸡叫，俺黑子听说城里要来客人了，光手脚就洗了一下午，翠翠用煤油把窗户上的玻璃擦得铮亮，图个啥，嘿。"石柱伯伯的声音小了。

"走，现在就走。"爸爸把烟搓灭，穿上黑呢子衣裳……还是男子汉，有气魄，石柱伯伯又"嘿嘿"地笑了……

路平坦些了，车子也稳了许多，冷飕飕的风直钻进裤筒里胡闹。嘿，倒霉的牛仔裤，人家是骑马穿的，咱是觉得那玩意儿洋气。那有什么呢？年轻人嘛，火性强着哩。要像石柱伯伯那样穿个倒喇叭，再用布绳拴个莲花结，何至于受风的戏弄呢。那次跟爸爸去时可不是这样：中式棉衣"窝子"暖鞋。我还是第一次跟爸爸到村里。石柱伯伯说要是我不吃，他吃不下饺子去。真是的，那算什么呢？不过，石柱伯伯说蹲学习班时，过大年，雪花胡乱地飘着，到了地面马上就与污泥混在一起，变成了说不清的混合体。爸爸不也是咽不下饺子去嘛。妈妈把头一锅煮出来的装了一大碗，又弄了几个菜，就叫我先给石柱伯伯送去。哼，要不是怕它吃了石柱伯伯的饺子，我非把那两条大狗的腿打断不可。自从那天石柱伯伯和那位大哥哥来过以后，我们又见了几次面。不过，那位大哥哥慢慢地也就不再严肃得像尊泥像了，三个人凑在一起谈得还挺热乎的呢。我总不能把石柱伯伯和"坏人"联系在一起，那笑眯眯的小眼，满脸的络腮胡子，张了口的"大鲨鱼"鞋……坏人总是和座山雕、王连举那样。尽管爸爸今天说："你石柱伯伯被抓回村里游斗去了。"明儿个说："你石柱伯伯有可能要判刑。"我还是不能相信他是什么黑爪牙。《三字经》上说："人之初，性本善。"我们的童年时代，是没有善恶概念的，我们只知道用我们可怜的形象思维，原始且又纯净的是非标准，来判断人的善与恶。我每次到那里，该怎么说呢？那儿确实不是什么收容所，也不是什么看守所，是一个破烂不堪的三合院。里边住了些老弱病残的人们，也有几个壮实的汉子哩。我每次进去总得先到高台阶上去跟看管人员打个招呼，人家爱理不爱理地说："你是他什么人？有什么送的，放下吧。"我是他什么人？反正他比爸爸胡子多，个子高，爸爸不是告诉过我们嘛："年纪比爸爸大的叫伯伯。"对"伯伯"。"放下吧?"那你们要吃了呢？为什么不让我直接送给他呢？不行，于是，找就站在当院里用两只小手屈成小喇叭喊："石柱伯伯——我给你送饺子来了!"嘿，还真灵验，有人来啦，是那位大哥哥，他怎么又不笑了："给石柱送东西来的吗？进去吧。"说着，他就向高台阶走去，我便名正言顺地大大方方地来到里院。好家伙，十几孔窑洞，门窗都用钢筋制成的栏杆做成，像动物园一样。石柱伯伯说："他们是三只手，抢人的，不能让他们出来。"对，要让这些"动物"出来，非抢了石柱伯伯的饺子不可。可是他怎么能和这帮坏人关在一起呢？天才知道。爸爸说："那是大人们的事，小孩子家别多插嘴。"每次从那个养老院出来，石柱伯伯总是站在院中望着我走上高台阶，向西拐出去才肯离开。

四

夕阳放出了一片银光，冷冰冰的真单调，没有血一般的晚霞，没有"哗啦哗啦"的树叶奏鸣曲，连只野麻雀叫也没有。怨谁呢？"四人帮"。"要不是那小子让砍的话，这会儿已长得碗口粗了。"农民想问题就是这么简单，一是一，二是二，不拐"弯弯绕"。那一年，石柱伯伯从苗圃搞回一批穿天杨，一字儿从村里栽到村边上，三年后，那白桦桦的笔直的树杆，墨绿墨绿的"加拿大"叶子，厚厚的，真是爱煞人了。下工后，小伙子，新媳妇，嘻嘻哈哈，谁不说："石柱营长办了件大好事。"连头上扎着羊肚子手巾，胳膊上挎一大笼子青草的老头们也一边哼："林教头来到了野猪林……"一边夸咱石柱伯伯："石柱那小子积德了，有出息。"

谁想到，咱那县革委主任开话了，"关于现下木材紧张，而国家又困难，所以，要杀了这些树，用到社会主义建设事业中去。"鬼，真是大白天说瞎话，不怕死到五黄六月里。明明是县委宿舍大院盖起后，每家还想搭个小棚棚放炭、放柴什么的。石柱伯伯气不过，你们三房六舍、洗澡间、卧室、客厅……软沙发还嫌过得不舒服吗？不行，告他去。没门！别看你石柱在村里人缘好，一呼百应。县太老爷可不买你的账："真有这事吗？不可能吧。""石柱同志吗，你是劳动模范，可不能拖国家建设的后腿呀！"石柱伯伯被关到学习班里面去了，一没定罪，二没判刑，不明不白。村里人们这个一条"大前门"，那个一篮子鸡蛋的送来了。有人劝他闹，闹？你猜他说什么："为了子孙后代，咱石柱这一百三十斤还算得了什么。""这会儿人们都变得一敲脑袋脚后跟都灵了，你就是榆木疙瘩子。"有时候翠翠不免烦他两句，他总是"嘿嘿"一笑说："啥时候咱要能出去，也好好喂上狗日的几头八克仙，把咱那毛棚棚，也改成间大屋子，给咱小黑子娶媳妇用。"想得倒不赖，好好待着吧，尝尝这慢性自杀的味。

五

古老残断的城墙已依稀可见，太阳被西山吞噬了，留下朦朦胧胧的一片暮色。爸爸妈妈又该下班了，等我回去你们再往回走，千万别走到我头里，省得为石柱伯伯再展开一场舌战。我使劲蹬了两下，车子一骨碌进了城。快刹闸，好险乎，人太多了，街道窄得像北京的小胡同。商店，理发馆，再加上数不清的只有三五种货的知青商店，歪歪扭扭，堆在那里。要是夏天的话，西瓜皮可以当旱冰鞋穿，苍蝇"嘤嘤嗡嗡"地追逐着腐臭的食物。啊，村里多好呀，石柱伯伯家再也不是柴门荆扉了，以致我一进村就分不清哪个是他家的门了。一排排新房，好像儿童积木似的整整齐齐。几乎每家都有四四方方的街门，那门板再也不"吱扭扭"地响了，而是"嗡嗡"的声音，使人联想到宫殿里的石门。一位老大爷告诉了我石柱伯伯的门，我一瞧：好家伙，门楼是水泥做的，在阳光下，显得有点发蓝，两边一幅红纸对联上写着："走正道不图邪门，养好猪二年变富。"横批是"不讲条件"，两旁还有两个金字"福"。我真没见过这般光景。

"汪汪汪"一阵狗吠，不过不像那个鬼地方的狗那般凶。

"快进来，快进来，嘿嘿。"石柱伯伯迎了出来，衣服倒没什么变化，只是那个"大鲨鱼"早失踪了，也许沤粪了吧。

那间房子还真搭了起来，翠翠姨见我来了乐得不知道让我先暖暖手："唉，老婆子，让俺孩先坐下，小黑子，给二哥拿糖来。"石柱伯伯把我推到沙发上坐下。小黑子？呀，也一门扇高了。黑黑的，只是有点瘦。说实在的，那沙发不怎么样，硬呼呼的，好像有个弹簧还顶了上来，乡下人办事真是毛手毛脚的。房子刷得白白的。可那不像我们家里，挂什么李白的"孤帆远影碧空尽"，调子要清净、协调。你瞧他家里，花花绿绿的，这儿一张《红楼梦》，那儿一张《杜十娘》，火炕上头还贴着一张老寿星呢。炕角里还有一张胖娃娃抱着条大鱼的年画。翠翠姨说："每年横竖地贴一张有鱼的画，要不然，粮食就不能有'余'了。"嘿，你甭说，翠翠姨对"通假字"还造诣很深哩。一会儿，我见对面窗户上出现了许多塌鼻子，噢，是小黑子的朋友们，真有趣，就像我们的朋友一样。

"小黑子上学了吗？"我想起了石柱伯伯说过"就苦了我们小黑子"。

"上啦，上啦。"石柱伯伯乐呵呵地说，我相信他的笑神经是很发达的。

"噼啪"，村里孩子们放鞭炮，可不像城里，一串串地点，他们是一个一个地放。"瞎捻"了的，也要叉开来，再捅上一根导火线，点着，"叭"，又是一响，真有办法。

我说吃过了晌午饭，他们硬是不信，怎么可能呢？他们十一点才吃早饭，中午饭要到四点以后，天儿发黑才吃呢。我只得又吃了些。

吃过饭，我急着要往回走，翠翠姨说："住下吧，跟小黑子住在一起。"我说："不行，我还得赶紧回去告诉爸爸妈妈呢。"

石柱伯伯一边往口袋里给我装红薯，一边"嘿嘿"地笑，不作声，直到把我送出那四方大门才说："孩子，这会儿都搞责任制了，你爸爸妈妈们厂里也一样，一年到头下来歇不了几天，正月里就不进去了。腊月里队里补了我几百块钱，伯伯买了些西瓜籽，等到夏天西瓜丰收，伯伯再进城看你们吧。"

月儿上来了，把片片白光洒到了地上、房上……我回到自家街上，花花绿绿的鞭炮纸满地都是，我觉得寒意少了许多。那花花点点的碎纸不也正像石柱伯伯地里的一颗颗西瓜吗？

红红的苹果

　　我吃过好多好多种苹果：国光、香蕉、红元帅……但都没有这一次吃得香，吃得甜。

　　中秋之夜，玉盘似的圆月挂在湛蓝色的天幕上。我们出了校门来到郊外，把那些并不丰盛的食品摊在地上。她俨然像个小妹妹似的摆弄着那些红红的苹果，我也以大哥哥的身份自居，顺手拿起一个又小又青的苹果往嘴里塞。

　　"放下那个，给，吃这个。"她一只手夺下我嘴里的苹果，另一只手把一个熟透了的放到我手里。

　　我借着月光凝视着她：黝黑的眸子，忽闪忽闪，圆圆的脸盘，带着孩子的天真气，真像一颗红红的苹果。她有点不好意思，低下了头。

　　记得是她刚入学的那天上午，在"迎新处"我帮她把皮箱、提包放在自行车上，推着就走，她跟在后面，好奇地看着周围的一切。

　　"大学多好呀，这么高的楼，这么多的树，就是没有我们家乡的苹果树。"她娇嗔地说。

　　"可是，这里可以产比苹果更好的果实。"我居然也卖起关子来了。

　　"噢，你是说这里可以出人才，对吗？"她真聪明。

　　我不禁哑然失笑了。看着她那红红的苹果脸，我想，她们家乡的苹果也一定好吃。

　　我们很快就熟悉了，我从大学的学习方法谈到学《诗经》要看哪些参考书，学《中国现代文学史》应该读谁的作品。她谈她家乡春天的田野，秋天的果树，像在念诗一样好听。又一个秋天来了，一天，她家托人给她捎来了一包苹果。她送给我足有半提包。同时，也送给几个男同学一些。要在平时，我一定会把她送我的苹果分给大家尝，可今天，她……我赌气光自己吃，结果有许多因放得久，烂掉了。姑娘的心是敏感的。她也许看出我有情绪，又拿了几颗大苹果给我。我的气早消了，顺手拿了个又大又红的苹果就往嘴里放，她一把夺过去，抿着嘴，瞪了我一眼：

"瞧，你别看它又红又大，里边可有蛆哩！"

还没等我转过弯来，她就把那苹果切成两半，果然一条蛆还在蠕动着。我沮丧了，可我从她的眼神中似乎发现了什么。

"你是说……"我不知说什么好。

"你真聪明，嘻嘻，嘻嘻。"她笑得是那么甜，那么脆。转眼间我到了四年级，她到了三年级，我总想捅破我们之间那层晨雾般的薄纸，可谁知她怎么想呢？

"呶，吃月饼吧。"她说。我们的野餐已进入了尾声。

"不，我还是先吃那又小又生的苹果吧。"

"为什么？""不成熟的果子是不该摘的，这也是教训。"我不等她同意，就三口两口地吃了那个小苹果。

啊，可真难吃，又酸又硬。她又笑了，笑得那圆圆的脸蛋像一颗红红的苹果。

晨　雾

雾是容易引起幻想的，作家从维熙说过："没有梦，就没有艺术。"

昨天降落了今年第一场雪。可那雪花也太吝啬了，只飘了一天，就逃之夭夭了。人们不免要惋惜这残落的雪花，但是，莫悲伤，休叹息，今天的晨景，才是壮观呢。

我吃过早点，挟着书就要往教室走，一出楼门，呵，是来到月宫了吗？灰蒙蒙的一片天地间，似乎用一块薄薄的半透明白纱笼罩着，使人自然联想到那缥缈的仙境。

昨天，杨柳不是还穿着白绒绒的素装吗，像一个个苗苗条条、亭亭玉立的少女，妩媚动人，怎么一夜之间就变成了须发皆白的老头了呢？瞧那一根根枝条，雾气凝结在上面，成了一根根坚硬的银条，失去了那柔软、婀娜的姿态；那翠绿的柏树，也好像开出了朵朵素白的花儿，真是"忽如一夜春风来，千树万树梨花开"呀！"万绿丛中一点红"固然可爱，而"万绿丛中点点白"又何曾不动人鲜艳呢：极目远望，我只能看到树干的下面，而看不到树冠，因为它已和铅色的天空溶为一体了，唯有那一株株平行的柏树，还隐隐约约可现，让人仿佛坠入了蓬莱仙阁般的幻境。突然，马路上来了一辆银灰色的小轿车，那尾灯一明一暗，像是夜晚的霓虹灯，又像是大海上的航标灯。呵，多么富有诗意的晨雾呀，如果说，清晰，可以暴露出人间的丑恶，阳光下的罪恶；而在这缥缈的仙境里，你会忘掉人生的一切烦恼，你的欲望会消失殆尽，只有这自然是美的，这个世界是你的，因为三步之内不见人形，你是自由的。

但是，我还是希望看到上海牌小轿车的尾灯——一明一暗。

课间操时间到了，我又急匆匆地赶到楼下。

呵，雾消失了，太阳终于出来了。

雾后，树上的凝霜是不会一下子消失的，只见那干枯的老槐树的枝丫，在阳光下，像一把把宝剑，对空而击，闪着耀眼的寒光。

我失望了，太阳固然温暖、可爱。然而，在黑夜黑城里，雾中，我还是留恋那上海牌轿车的尾灯——一明一暗。

我在记忆中搜寻着。

马兰草

　　我瘦了，远远地望去，简直像刚刚释放的囚徒，长长的头发，乱腾腾的；变得耸起的颧骨，像两个"比翼"丘陵；深陷的眼眶，简直与枯井没有差别。一时间，我才觉得我不是"我"了。然而，我依然是我。我的马兰草也还在桌子上，她似乎也疲倦了。噢，我想起来了，没有给她喝水已三天有半了。她在责怪我了，该的、该的，我是应该受人责骂的。怎么，窗外的槐树，已成了干枯的老头，没有青春了吗？昨天我还看他吐出朵朵素花。啊，原来是冬天来了。我也觉得困了，似乎也老了。可一摸，唉，竟然没几根胡子，我的确还有生气吗？我的确不老吗？总之，我觉得我的心还在直跳，我的脉搏依然清晰可听。我相信我还活着，我的血并没有冷却，我要挺起身子，把我紊乱的头发整理整理。我要庄严地宣告：我还是桌上的马兰草，而非冬天里的枯槐，我还有青春。

　　我好像记得有人往我的马兰草里浇了些冷开水，我的马兰草还活着，可是长得不快，一根一根蔫巴了，像一簇莠草。那不是她吗？我思念的她吗？为了她，我把眼泪默默地咽在肚子里，为了她，我躲过了频送的秋波；为了她，我寂寞地挨过了多少个明日。月儿圆了，我想到她，月儿缺了，我为她落泪。然而，我的马兰草却失去了生气，但还是顽强地活着，没有死。

　　我似乎觉得有人厌恶我的马兰草，"稀稀拉拉的几根，连个花也没有"。我发怒了，你有什么品格，品评我珍贵的马兰草，怎么，你想当韭菜吃吗？自私！为什么要吃我的马兰呢？我的马兰草，不是供人吃的，而是珍贵的艺术，是我幸福的伴侣。我的马兰，我的马兰，我会为你哭泣，我会为你哀伤。你陪伴着我在这个"闹市"（姑且称我的宿舍为此吧）度过了多少不眠之夜，你陪伴着我送去了数不尽的痛苦，迎来了多少微薄的希望。她厌恶我了，何止我的马兰，干吗躲着我？我的心已淌尽了血，剩下的也是新积攒的了，而这新的更热的血不会再送给你，我要送给我的马兰，虽然我的马兰没有媚态，没有馨香，然而，我还是要我的马兰。我空虚吗？有点，那是过去的事了。现在，我桌子上有我的马兰草，我愿意像狂风中的草一样。

　　我的确有些倦了，我的确有点想躺下去。然而，我看到了我的马兰，她不是还陪伴着我吗？

　　我的血热了，我的心跳得快了。我在那三天半没浇的马兰里洒了滴滴眼泪，她怒了。似乎在说："没骨气的男子汉，不死何为？"我往那三天半没浇的马兰里滴上些自来水。她撇了撇嘴："还想当作家？你懂得松柏的风格吗？你知道'要知松高洁，待到雪化时'这句诗吗？"突然，我朝那三天半没浇的马兰草里捧进了一些山涧的清泉水。她乐了，我第一次发现我的马兰是那样美，那样淳朴。

　　我热爱大自然，我热爱马兰草。

一辆红色电车存在　却不行驶

一

太阳狠毒地照着路上的行人，各种图案的太阳伞便拔地而起。于是，谐调的、燃烧的、暗浊的色彩在流动。

巨大的树荫露着狰狞的面孔，威胁着暗影中的幸运者。黑暗收缩，人们挤得更紧。

太阳调皮地跳着自由舞，旋转在暗影和电车之间。

几辆蓝色电车像一列进站的火车，一字形排列着。前方不远处还停着一辆红色电车，仿佛是火车头。

砰，停在最前面的那辆红色电车开了门。地狱还是天堂？

色彩又骤然涌动：重叠、翻卷、迷乱……

啊！

二

热风撩逗着车内的人们，湿臭的薄雾中，展览出各种疲倦后猝然得到舒适的表情。天无绝人之路。

"妈的，还不开车，闷死我了。""芭蕉扇"不情愿地抚摸着鼓鼓的肚皮，选好最佳角度，不可把凉风让别人沾了光。

"好狗不拦道，占着茅房不拉屎，停在前头，怎么还不开……"年轻的老人，因袭着陈腐的一切动作，说话对自己的嘴巴都不负一点责任。

"倒霉车，死在这儿了，还不……"女人的脏话仿佛是合理的。

"嘀"，后面的一辆电车扭着腰肢过来了，接着整个蓝色"车皮"慢速移动……

"呼"另一股色彩流又涌动了。

"列车"运行到红色电车旁，并没有挂钩，却谨慎地错了位。

三

惊愕的眼球像舞会上瞬息变幻着的光环。

"啊！"几乎是同时，红色电车上的乘客才发现那种永恒正确的判断，今天也开了个不大不小的玩笑。

于是，又一束彩带从红色电车上倾泻下来。滚动着、跳跃着，又最大限度地浓缩着，消失在蓝色"车皮"的第一节车厢里。

偶犯"判断失误症"者，失望地盯着红色电车顶上两根孤单的触翼。

电车掉杆就一定……

远处火车站的时钟呼唤着城市，天空变幻的云彩扑朔迷离。

人间四月看杜鹃

　　龟峰山发射台坐落在湖北省麻城市龟山主峰上，海拔一千四百米。

　　2015 年 4 月 12 日，我们考察组一行在武汉考察完长光科技有限公司后，驱车前往距武汉市八十公里外的麻城广电网络公司进行双向网改造 EOC、FTTH 和高山发射台的实地运用案例考察。

　　快到麻城时，透过车窗我们可以看到道路两旁矗立着许多"将军故里""名人之乡"等红色标识，这使我在略带疲倦中对这座城市肃然起敬。

　　到达麻城广电网络公司时已是下午四点半，迎接我们的是公司的小刘。他带我们到会议室落座休息，还沏了茶。陪同我们考察的长光公司华北区王红桥经理，问小刘：你在公司哪个部门？小刘答：市场营销部。小刘知道王经理的问意，接着说：我们汪总马上就到。

　　我和小刘用半生半熟的普通话一边喝茶一边聊着麻城广电的一些情况。就这样二十多分钟过去了，汪总还未出现，我看看手表已有些愠意。尽管是星期天，可我们不远千里马不停蹄来到麻城取经，你们也应该早早等候呀，何况天下广电是一家呢。因为在我的时间概念里从来是没有星期六日和节假日的，后来一想，是我不对，你怎么能把你的工作方式强加于人家麻城广电呢。

　　很快从电梯里走出一位中年男子，进入会议室后，我们知道了他就是汪总。简短的几句寒暄后，我们开始了交流。汪总给我的第一印象是：朴实、木讷和不善言辞。

　　这个感觉很快就被打破了。晚饭是在麻城广电网络公司食堂吃的。

清一色的土菜土饭，主人用白云边酒招待我们。因我们来自山西酒都，武汉的同志特意向我们介绍说：你们的汾酒是清香型，五粮液是浓香型，茅台是酱香型，我们的白云边呢，为了突出我们白云边酒在白酒行业的地位和个性，在业界我们就定位为兼香型。我听的言外之意就是我们的白云边也是可以同全国各地名酒齐名的，或者说，我们可是在用全国名酒来招待你们哟。其实，20世纪80年代我在汾酒厂宣传部工作过五年，我知道最早的兼香型酒是陕西西凤酒，只是我不想把这层纸捅破，不想打破这鄂晋友好的气氛。汪总喝得很快很猛，不一会儿，酒意就漾在了木讷的脸上，话也多了许多，他告诉我说，他在大学是学物理的，大学毕业后，分配到一所师范，可他没去，他想从事技术工作，当时广电招人，他就考到了广电局。可搞什么技术呀，到了广电局就把他安排到龟峰山发射台，一干就是四年。那时，从县城到发射台没有公路，车也上不去，只能步行，非常艰苦。四年后，他才被调回局技术科。如此这般的话，在轮番的敬酒中，汪总说了几次，我实在记不清了。因为汪总实诚，喝着说着重复着同样内容的话，不觉得就有些醉意和醉态了。突然，汪总眼睛一亮说：我们的龟峰山发射台是建在龟山上，每年四月，满山遍野的杜鹃花像花海似的，你们顺便也可看看。他马上掏出手机给一同事打电话询问，同事说：杜鹃花还没开。汪总说：花没开，花苞总有吧。就这样又重复问了几次，我知道，汪总在陪酒上是尽力了，也难为他这个搞技术的实在人了。

翌日，我们就开车到龟峰山发射台，因麻城广电在山上有发射台，管理人员特意放我们开车进山。麻城公司小刘和我同乘一辆车。小刘和汪总不同，快人快语，十分健谈。盘山路上，小刘用麻城普通话和我们交谈着，谈笑风生，滔滔不绝。小刘说：我们麻城有五朵金花，那就是杜鹃花、茶花、菊花、杏花和玫瑰花。其中尤以杜鹃花为最。这使我想到头天我们来到麻城时，在城市显眼位置到处都写着："人间四月天，麻城看杜鹃"的城市形象广告宣传语。我说：这个宣传语写得好，也很顺口上口。小刘非常得意地说：这是我们市长编的，我们的市长特别喜欢搞旅游开发，就因为这个原因现在市长已调省旅游局当副局长了。我环视着车窗外的景色，对小刘说：可一路上我们也没看到杜鹃花开呀。小刘说：你问得好。就因为这条广告宣传语，在我们麻城还发生了一个轰动事件。有一年四月，从安徽北京等地来了二百多辆私家小车围在了市政府门口，要求一定要见市长。市长出来接见他们，问何事？游客说：市长，你们不是说"人间四月天，麻城看杜鹃"吗，我们大老远慕名到了你们麻城龟山，怎么看不到杜鹃花开呢？

市长笑了笑，风趣地回答说：我们说的四月是农历，或许有时天气暖得早，阳历四月也会开的，反正，大概就是四五月吧。欢迎大家过些天或明年五一时，再来麻城看杜鹃。游客们被市长的坦诚和幽默都逗乐了。玩嘛，就一乐字。车子快到山顶时，路更陡了，弯也很急。大家叮咛师傅开慢点，注意安全。小刘说：现在做了盘山的公路，当年我们汪总在龟峰山发射台工作时，哪有这么好的路，全是土路。有一次，发射台同志吃的面没有了，局里喊一挑夫送袋白面上去，挑夫要价二百元，可那天在山上等送面的汪总他们等到天黑也没见到一两面。原来挑夫走到半山腰实在上不去了，干脆就返回来把面挑到了自己家里。不干了。那天，汪总他们就在山上饿了一天。小刘的一番话，让我对汪总的印象有了很大的变化。

到了龟峰山发射台，汪总领我们挨个机房进行了参观讲解，每台机器每个开关汪总如数家珍。这时，我们看到了卧在草地上的两条狗，汪总撩起一只说：这其中有一条狗是三条腿。大家看了看，果然是。我再一次望了望高耸云端的铁塔，那只三条腿的狗和少言寡语的汪总。

快中午十二点时，我们下山了。汪总在前面领我们走了一条用铁道废旧枕木铺就了的下山路。这时太阳真好，暖暖地照在布满杜鹃花苞的山上和我们的身上，我提议和汪总在他工作过的地方合个影，他惬意地应允了。

从龟峰山发射台到龟头停车场是一段下山路，实际上是一条透迤而下的盘山观花海的路。四月天，登高极目，满山遍野的杜鹃花丛，仿佛一条绒绒的毯子罩着龟峰山。在路旁，我看到了一块石碑，上面书写着国际著名杜鹃花权威专家管开云教授对麻城杜鹃花的鉴定意见："在我从事植物科学研究三十余年的生涯中，几乎跑遍了全世界杜鹃花分部地。湖北麻城杜鹃是我见到的该种杜鹃分布最集中、林分结构最纯、种群面积最大、树龄最古老、保存最完好、株型最优美、景观最壮丽的自然群落，令人眼界大开，堪称世界奇迹，真可谓麻城杜鹃甲天下！"我用照相机慢慢地调着焦距，在这春寒料峭的时候，一点一点地聚视着杜鹃花苞。我看到在那枯干的树桠上，栖息着朵朵杜鹃花苞。那花苞是丰满殷实的，像少女微微挺立的乳尖；再看那花苞层层叠叠，越往外色彩越鲜艳，最外面的那一点红，让我真真地看到了杜鹃啼血的意境。

微风轻拂着龟峰山，杜鹃花苞在蓝天白云和松树林的映衬下，漫山遍野地涌动。我设想着再过十天或二十天，那杜鹃花就会突然盛开，就会把整个龟峰山映得红彤彤，就会形成花的海洋，花的世界，在人间四月，在龟峰山上，那将会是多么一场轰轰烈烈的爱情呀。这时，我打心里理解了怪不得有二百多辆小轿车要在人间四月到龟峰山看杜鹃，他们是为爱而来。

在从麻城返回武汉的路上，我的脑海里除了不时闪过朴实憨厚的汪总和小刘外，全是满山的杜鹃花苞，说实在的，真的没有杜鹃花盛开的一丝印象。我想我是爱上这杜鹃花苞了，因为她是一种念想，一种思念，一种约定。这时，我在车上随手写下了一首小诗：

约定杜鹃花

约好人间四月看杜鹃
我如约来了　你却躲躲闪闪
龟山作证　花海定盟
约定是一张漂亮的脸

十八岁时你清纯的眼睛
就像一朵含羞的杜鹃花苞
风寒岁月让我变成龟山上的一棵松
而你年年四月依旧含苞欲放

明年还是四月　你来吗　你在吗
山风拂过龟峰山
誓言在花海里摇曳
四月看杜鹃是我们终身的约定

滇西走读小记

一

　　知道昆明，是从一盒叫"春城"的烟开始的。那时候年龄小，爸爸抽"春城"烟，淡绿的烟盒，印着黑体"春城"，从那个时候起，我就从"春城"烟的烟标上，想昆明一定是个春光明媚，四季如春的美丽城市。直到三十年前，我的内弟从山西只身一人来到昆明闯荡，硬是凭着一个脑袋两只肩膀发展成当地颇有名气的企业家，然后，我爱人的四姐、四姐夫也陆续来到昆明在内弟公司发展。几十年来，他们凭着北方人的一股顽强拼搏的精神和晋商特有的睿智，不仅在春城昆明发展实业，而且买房置地，繁衍后代。如今，内弟娶了昆明的媳妇，而且已是两个孩子的爸爸，妻姐妻姐夫带着北方的儿子在昆明读书完成了学业，也娶了当地姑娘为妻。同时，在内弟企业里至少有百八十个山西人在工作。直到今年正月初二我们在山西老家和内弟聚餐时，内弟邀妻姐夫向我们敬酒时说：来，咱们昆明的敬大家一杯。哦，他们成昆明人了。

　　也就是我们聚餐的当日下午，我们一家人启程飞昆明度假。在飞机上，我琢磨着，一伙北方人几十年能在南方城市发展生存，既要放下对家中父母亲人的思念和儿时同学朋友的友谊，又要独享孤独陌生的郁闷，还要适应南方人饮食生活的习惯，真不容易。我联想到了我们老家人汾阳王郭子仪的后代，当年，也是由于种种原因，大批迁徙东南亚，最终成就了许多像郭台铭等优秀的企业家。这些有内在的联系吗？北方人聪明还是南方人伶俐？别的不说，改革开放初期，最先到山西擦皮鞋的就全是浙江温州人，在北京把房价抬得最高的也是温州人。想到这，我不禁哑然失笑：这是个什么命题。可是，为什么内弟他们几十年离开生活的黄土地到南方发展，只是中国人传统过大年或中秋节的时候才回来几次，平常也只是和亲人们电话聊聊天，互致问候，平常是不大回老家的。这里面有什么缘故呢？上一次妻姐回到老家说：现在我一回老家鼻子就不通了，空气不好。内弟说：我们在昆明安宁建企业，当地政府是按招商引资户的优惠政策对待的，企业发展环境好。现在，我想明白了，一个是生存的气候环境好，一个是企业发展环境优越。在我们家里能看出南北发展的大融合，离不开这两个方面的因素。于是我又想起了儿时的"春城"牌香烟。

"春城"昆明再一次强烈地吸引着我。

当晚五点多，我们降落在了昆明长水国际机场。尽管我以前来过两次昆明，但每次都是一下飞机就被车接回宾馆了，所以，对昆明的气候印象不深。这次，我们是自己出行，又在正月初二，参加的是全国大拼团。到了机场自然要听旅行社安排，在机场大厅里，我们一家和所有的散客一样拖拉着行李箱，站在那儿等待调车，我原本以为一出站就会有旅行社导游接站，不曾想，没门，大年正月初二，来自全国各地和世界各国的旅行团那么多，调车的工作人员都"叽里呱啦"地喊成一团，哪儿有那么方便。耐心等着吧，我们只能站在大厅等候旅行社叫唤。有个座位坐坐就算是"贵客"了。那一阵，我真是第一次感到了像民工返城队伍中的一员似的。

我仿佛受了委屈似的呆站在哪里，环视着大厅里人头攒动的游客。心想这些人大过年的干吗去呢，不好好在家待着吃好的喝好的，纯粹遭罪。因为五十多年来，我是第一次正月初二出门旅游，那一刻，我突然感到"春城"昆明特别冷，根本没一点"春意"。郁闷中我闪出大厅来到候机楼外借火抽烟，一出候机楼，呼呼的风吹得我一阵浑身发凉，心想，这哪儿是什么春城，真是在昆明也能应上"二月春风似剪刀"，我的心

"瓦凉瓦凉"的。

　　抽完两支烟，再次回到候机大厅，游客仍旧是熙熙攘攘，湿冷的空气中弥漫着许多怪味，大概过了半个多小时，有个小伙子大声吼叫：李峰四位。顺着小伙子的叫喊声，我愣愣地望去。这时，我爱人推我一把说：答应。我慌忙应声：在。我觉得那时我的脸肯定是一阵红一阵青，仿佛害羞似的。说真的，尽管嘴上常说：叫什么没关系，都是一时的称谓。可的确从我三十岁当副局长，除个别领导外，几乎都是职务称呼。甚至称"副"字的时候都没有。随着一股人流的涌出，"李峰四位"也随这个小伙子一溜提着大行李箱抬阶而上，在候机厅外上了接站的小客车。在到酒店的路上，我坐在助手的位置，其他旅客坐在面包车后面，在机场高速路上，我望着窗外闪过的霓虹灯，嗖嗖而过的各种车辆，心想，这会儿你就是一旅客，跟送屠宰场的一头猪一样。想到这儿，不禁哑然一笑。人本来就一样嘛，没什么不同，突然想到一句话，世上本无事，庸人自扰之。何苦呢，我们大过年的出来就是为了开心，为什么在旅行刚开始就自找烦恼呢？

　　随着一排排绿树的擦肩而过，司机依次把各个酒店的客人送达，我的心才开始适应。我暗暗地为这一次正月之行叫好，它让我找到了我，找到了本来的我，也让我再次找到了认识"春城"烟盒的感受。

二

　　旅游是和导游相关联的。游客的心情像钢琴的琴键任导游拍击着。游客中，一种人是闲来无事感受和体验一下天下名山大川、风土人情；一种人是工作心理压力大，得空出来放松一下，暂时远离城市的喧嚣，寄情山水，让心灵与大自然亲密接触，从而在山水的灵气中释放郁闷，抚慰自我。我呢，主要是结婚三十年来，第一次陪妻子女儿出来度假。这个决定我是屏住呼吸闭着眼睛做出的。这些年来，我把整个的心和人都淹没在自己的事业和工作上，以令人难忍的霸气和冷酷拒绝着亲情和世俗，仿佛我不是属兔子的，那可爱温柔多情的兔子，而是属狼的，一只独立悬崖峭壁的北方的狼。这恐怕是我这次从遥远的北方携妻带女来到春城昆明度假的一个理由，也算是赎罪吧。践踏亲情逃避人间世俗真不是完美人生。

导游自称小王，彝族人，实际上小王已经四十五岁了。小王一出现在我们面前便向大家坦诚地说：很失望吧，许多游客都希望导游是个使个媚眼扭个小腰的美女导游，大家如果不喜欢，我马上下去给你们换个美女导游来，如果觉得小王还行，那大家就给点掌声，让我在接下来几天的行程里与大家共同分享旅游的快乐。整车的游客被小王的直白逗乐了。人们常说：导游就是忽悠，忽悠游客买东西自己得回扣。我也经常听到这样的说法。于是，在我的心里，小王就是个带路的。

小王很感谢 2016 年春节后有缘带的第一个旅游团，在介绍过云南的自然风光和民族地区的风土人情后，他说以前游客到云南大部分去的地方是大理和丽江、西双版纳，而我们这个团来到的是云南最贫困的地区——滇西。他说：滇西是块红色的沃土，抗日战争时期为整个云南的解放做出了重大的贡献，然而解放这些年来滇西人民的生活依然很贫困，于是，云南省为使滇西人民尽快脱贫，拯救滇西人民，积极推广滇西的旅游开发，因此开辟了芒市、瑞丽、腾冲的滇西旅游。小王说他本来在云南省旅游公司做导游，而且业绩排名在整个云南旅游界是很靠前的优秀导游。从去年以来，被派到滇西做导游，主要任务是带一带滇西的年轻新导游，尽快带出一支滇西旅游的导游团队，也算是为滇西旅游脱贫做出了贡献。接下来在汽车的蜿蜒行驶中，小王用大量的篇幅讲解着人生的福禄和荣华富贵，实际就是人生的意义和几个境界。在这个旅游团里凭直觉我观察到有一家几口一块出来度假的，有夫妻两人出来继续培养感情的，也有政界为官利用春节长假出来游玩的，还有……小王长达两个小时的人生感悟，我想一定使大部分游客勾起了自己的人生历史和心路历程。但我听到也有游客不悦：我们是出来旅游的，又不是让你给上课洗脑的。我静静地听着小王的慷慨"演讲"，心想这个四十多岁的中年导游在铺垫着什么，莫非暗藏着更大的忽悠。

云南是少数民族最多的一个省份。傣族人称吃饭为"干饭"。快到午饭时分了，小王讲了个小故事，说有一游客在傣族一家吃农家乐，一进门，傣族阿婆就对游客说：好好干，不一定能干好但一定要干饱，最好把肚子干大了。在滇西红色历史教育和人生感悟的正统说教后，"干饭"的小故事逗得大家开怀大笑，平增了一丝旅游的乐趣。

接下来的行程里我开始重新审视这个小王导游。翡翠是云南"三宝"之一。小王从翡翠原石到玉文化、玉的品相、如何鉴别玉、玉的收藏和佩带以及玉的增值滔滔不绝地讲了很多。让我记忆深刻的是他讲到了貔貅，他说貔貅是龙的第九个儿子，是专门对付各种小人的。在选择貔貅时要挑屁股圆润肥大，牙齿锋利的，最好是选阴阳眼的。小王现身说法从脖子上取下自己佩带的一块貔貅，他说：他阿妈很善良很辛苦，每到母亲生日，他都要早早把生日礼物奉上。有一次他阿妈过生日，正好他带团外出未能按时亲自祝贺，带团回来他买了东西要送去时，发生了车祸，小王的两只肋骨被撞断了，大脑也伤成了脑震荡，几乎丧命，可是他佩带的貔貅仅仅擦了一点小皮，是貔貅保护了他。然后，他又向大家介绍了请貔貅的细节和请了貔貅后认主的流程。就在大家以为他是为推销玉石而忽悠的时候，小王再一次和大家说起了滇西的贫困，他说：生长在滇西大山里的孩子们至今吃不饱穿不暖，他们发起组织了个爱心活动，号召大家把穿过的衣物、鞋子收集起来，定时送到大山里。他还讲到了一个上海老阿妈，几十年在滇西大山里支教，把大好青春年华奉献给了滇西大山里的教育事业，受到人们的尊重。至今，小王每带团去上海，都要去看望这位老阿妈。在把大家的情绪调动到滇西孩子苦难和上海老阿妈感人事迹的节点时，小王话锋一转说：小王的各位朋友能来滇西旅游就是对滇西人民脱贫的最大支持，哪怕买一点滇西人民的东西，都是在做善事，都是人生价值的体现。我记得那次，我们这个团的游客买了不少玉佛、貔貅，有的女游客干脆把小王导游"绑上"帮他们选择各种玉饰挂件。忽悠得舒服啊。

三

短短的几日小游，我的思维定式和格式在悄悄地发生着变化，甚至是裂变。不仅仅是因为小王导游的优雅忽悠，的确正如鲁迅先生指的"露出小来"了。

快要结束滇西游了，玉也买了，赌石也赌了。小王导游说：有一个景点我们非去不可，尽管它是免费的，每次我带团就一定要去这个地方，那就是国殇墓园。很多人都知道中国人民的八年抗战是中国共产党领导的中国人民解放军的胜利。鲜为人知的是为了保卫云南，为了抗战的全面胜利，国民党在滇西这块土地上献出了许多年轻宝贵的生命，这就是国殇墓园。旅游车盘行在著名的滇西公路上，小王介绍说这条公路是滇西妇女儿童老人修建的，它是云南通往缅甸的唯一公路，也该算是中国公路史上的奇迹，在这里滇西妇女儿童和老人献出了许多宝贵的生命。就要到国殇墓园的时候，小王沉重地告诫大家，进到墓园所有游客都要摘掉帽子，不得高声喧哗，更不准坐在墓碑上休息。他说，这里的市民每天清晨都有人自愿清扫墓园、清洗墓碑。有一次，一些游客坐在烈士墓碑上乘凉，几乎与当地老百姓打了起来，在滇西这块土地上，国殇墓园在市民心中是块圣洁的地方。

这些年我是跑过全国不少地方的，包括一些红色旅游点，除非配合政治教育需要，所到之处，在所有的行程中几乎从来没有硬性安排参观烈士纪念场所或景点，更没有像小王导游那样声情并茂地介绍那段红色的历史和烈士的英雄事迹，大多是夸大其词地介绍一些当地的土特产，诱导游客购买。在旅游车上，为沟通与游客的情感，讲一些低俗的荤段子，因此，我对导游的认识只能是不敢恭维、浅俗。有时到一些景点玩，我宁愿一个人走一个人看，也不肯请导游讲解。在滇西的旅游中，在每天乘坐旅行车走在滇西这块土地上，小王几乎都站在车厢的最前面，手持话筒给我们讲解四五个小时。我端详着这位四十多岁的中年导游，而且出过车祸，腰部有疾，心想不管他讲得全部是真的，或有一点水分，至少，他让我知道了滇西这块土地的革命历史，让我感到了滇西的体温。那几日，我想到了过去些年我的旅行中遇到的两个导游。其一，有一次，我同几个朋友一块去山西的王莽岭旅游，车子行进在进山的公路上，我看到窗外公路边满山的葱绿，惊讶这里的绿化搞得真不错，随口问导游有关这方面的情况。导游立刻滔滔不绝地向我们介绍说：这要感谢我们的地委书记邢德勇，那时王莽岭还未成为正式的景区，他到我们临汾后，号召大家每年都要种树，一年接着一年种，而且自己亲自参加栽树，才有了现在的王莽岭的绿化，我由衷地对这个小导游产生了敬畏，我说：你们的那个地委书记原来在我们吕梁工作过。其二，假期我陪几位领导到仰慕已久的张家界旅游，我们来到游客服务中心，工作人员接待很热情，说：好的，我们按豪华团安排，我们表明我们几位只想看看张家界的美好风光。当时我们很高兴，心想，这辈子我们还没有"豪华"过，玩一次吧。结果第二天，游客中心给我们安排了辆破旧的金杯车和一个小姑娘导游，无奈，我们只能当傻子一样被他们拉着进景区，一路上，小导游几乎无语。到了景区，小姑娘导游的话就多起来了，一会儿拉我们去这个特产点看，一会儿又介绍某些特产的功效。说实在的，那时我们几位确实是在工作繁忙之余出来走走，放松一下，仅此而已，根本没有什么购物的欲望。这下倒好，小导游见我们无心购物，干脆独自一人在前面跑，也无心讲解。当时，我们几个懂了：这什么"豪华"团，这什么导游，钱花得太冤了。同行中一位领导对小导游指着我说：他可是记者，你要不好好讲解，我们投诉你。没想到二十来岁的小导游转过脸对我们同行说：记者？我见得多了。说完，又悻悻地径直一人往前走了。

　　旅游就是玩一种心情嘛。面对生计和工作我们不能说"不"，而旅游我们可以选择说"不"。导游在我们短暂的旅行中同每个游客玩的心情发生着微妙的关系。记得在我们来到免费景点国殇墓园门口时，小王导游说：这里埋葬着9168位年轻的国军远征军，滇西人民非常崇敬他们，我们的阿妈们每天都要来这里清理卫生，守护这块圣洁的土地。门口阿妈们有卖鲜花的，在进入墓园前，大家有需要敬献烈士的，请问阿妈们买几枝，单枝五元，买多少大家随愿。于是，大伙纷纷买花，敬献烈士，我看到，每个游客都向阿妈们买了鲜花，多的好几十枝，少的也是每人买一枝。出了墓园，我看到一批一批的游客还在不断地向阿妈们买花，我恍然大悟，脑子里不断闪现出几个关键词：免费景点，滇西卖花的老阿妈，滇西脱贫。小王导游，好家伙，这个导游真不简单。

国殇墓园出来，在回宾馆的路上，小王导游对大家说：好了，感谢大家几天的友好相处和对小王的支持，感谢大家对滇西大山人民伸出厚爱之手，大家都是好人，都能长寿。现在大家还得做一件事，请每位把这个购物清单表填一下，目的一是政府部门要统计一下全国各地来滇西旅游，支持滇西脱贫的有关数字信息，二是这个对小王导游在全省业绩考核的一项重要指标。大家如实填好购物清单表交到小王导游手中，小王导游脸上露出了会心的微笑。末了，小王导游说：第一天我就告诉大家小王我是从省公司派来带一带滇西旅游新导游的，明天我就要回省公司了，接下来明天送大家回程的任务，就交给滇西的小导游了。最后，小王还为大家唱了一首《父亲》的歌曲，在热烈的掌声中，小王导游和大家依依不舍地道了别。我再一次凝视着这个中年导游，心中有股说不出的滋味。

果然第二天送我们返程的是个年轻的小导游。小伙子一上车，寒暄几句后说：想必这几天大家买了不少我们云南的翡翠美玉，可大家知道我们云南还有另外一宝吗，听说过黄龙玉吗？以前在我们云南这些东西都是砌墙铺街用的，现在可是正式被定为国玉了，而且价值在不断攀升。按照行程，我们的景点已全部逛完了，这几天大家也都逛累了，今天，为感谢大家对滇西人民的支持与厚爱，我为大家安排了免费午餐，午餐后，我会送大家到机场。这会儿离午餐还有两个小时，我们就在吃午餐的楼下随便逛逛，休息一下，顺便大家也可以了解一下我们云南的黄龙玉。很快小导游就把我们带到一个偌大的黄龙玉市场，"免费午餐"就安排在了市场楼上。于是，大家只能下车到黄龙玉市场里休息，等待

"免费的午餐"。午餐时，我看到我们一车的游客里，又有人大包小包地买了不少黄龙玉，有的到开饭时间，还在楼下买东西，说真的我也买了一块。我再一次信服了，啊，原来如此，又一个"小王导游"，真是师出一门呀。于是，我想通了为什么我内弟这么多年来，能待在这座南方城市，南方人做事就是不一样。

短暂的滇西旅行，让我的思想发生了很大的变化，对春城的认识也再一次有了新的内涵，春城可不仅仅是一个烟标。连日来，我每天都想再买一包"春城"烟，可是我没能如愿。

于是，我感觉到自己真的老了许多，现在已经是红塔山、大重九时代了。

父 亲

一

在我居住的小院里，靠西院墙有一个小花坛，是父亲帮我建造的。小小的花坛里栽着两种花：一种是月季，每到夏日，花生枝顶，伞房状的一朵一朵，层层叠叠，花容秀美，千姿万色，芳香馥郁；另一种是兰花。正月里就开始发芽报春，二三月花开时，高雅清幽，超凡脱俗，馨香一片。

花坛里的这两种花也是父亲为我们栽的。月季花夏秋两季盛开不败，争奇斗艳；而兰花只在二三月怒放，剩余时间只是静静地在小花坛里陪伴着月季花。

年年岁岁花相似。然而，2008年农历二月初三，兰花开了，父亲却走了。那年父亲六十八岁。

二月初二中午，我到府东街海鲜城为父亲买了个鲍鱼，如果不是这场可恶可怕的大病，父亲这辈子恐怕连鲍鱼长什么样也不知道，真的。我紧紧地抱着饭盒，生怕进来一点点风把父亲的鲍鱼吹凉了，吹没了。从府东街到五一路山大二院很近的，望着车窗外熙熙攘攘的行人，掠过路边刚刚发芽的柳树，想着躺在病床上挣扎的父亲和母亲几近乞求的眼神，我的心凉凉的，沉沉的。我想，在我们这个大家庭里，父亲是长子，我也是长子。长子的担当和责任，让我咬紧了牙关，把恐慌恐惧的心放平。我知道，我们全家正在与父亲一起同病魔抗争，同命运拼搏。日子一定是在二月的初二到初三。

可是，当我把鲍鱼切成一小块一小块喂到父亲干裂粗糙的嘴唇前，父亲却仍在昏迷中，一点也吃不进去。我知道，那时，就是让他吃一粒保命丸也不可能了。可我就是一定想让父亲吃，哪怕就吃一块我买的鲍鱼，在我心中，或用舌尖舔一舔，用鼻子闻一闻。仿佛要把鲍鱼的尊贵和父亲一生的清贫扯平。

父亲像耗干的油灯，无力再次燃起。我用泪眼一次又一次地望着天空，为父亲乞求祈祷。然而父亲的无力和我的无奈，把我重重地摔在了无情的现实中。天地不灵，我奈如何！

当日中午，我用沙哑的声音在病房外楼道里和远在西安的二弟通了电话。我是哥，弟弟是相信我的，知道这个哥在这家庭里什么也能顶住，此时，肯定是黔驴技穷，无能为力了。下午二弟就赶到了太原。

我知道该来的一定要来，该发生的你一定躲不过，也许这就是定数。父亲爱吃烤红薯，我明知道父亲已什么都吃不下，还是在医院门口买了一个，哪怕让他用手摸摸用鼻闻闻也罢。初二下午，我镇定了许多，面对死神我已欲哭无泪。我把年迈的母亲和大姑安顿回老家。说实在的，我不忍心让母亲亲眼看见与她厮守几十年的父亲在痛苦中离去。老泪纵横的母亲一次又一次地拉着父亲的手不忍放开，她知道，这次分手肯定是生离死别。

时钟快到了二月初二的午夜时分，我、弟弟和两个姑夫在病房对面的水房里静静地抽着闷烟，谁也心照不宣，憋着气不说话。我侥幸地想或许到初三会有转机？二月二不是龙抬头吗，父亲属蛇，蛇也是小龙呀。可是龙就是龙，蛇就是蛇。蛇成不了龙。

二月初三，那撕心裂肺的日子来了，恶神再次猛烈地扑向柔弱的父亲。当晚十二点多，父亲突然精神好起来，眼睛清澈明亮得吓人，他斜躺在病床上，望着我们兄弟三人，说：你姥姥就是这样走的。我见父亲精神好转，忙把中午买的鲍鱼热了热，给他切了一块，父亲说：还敢吃吗？我说：吃吧，没事，吃了就有抵抗力了。父亲几乎是急不可耐地吞下了一块，那时，他已经看不出有多少痛苦的表情，非常慈和、安详。

好景不长，一个多小时后，父亲的病情开始加剧发作。我让三弟再次电话联系乔专家，所有的值班医生和护士都表示爱莫能助。那晚，夜死一般的苍白宁静，病区楼道里是一帮亲朋好友焦急等待的目光，心电图测量仪嘀嘀的响声，声声叩击着我疲倦和绝望的心房。我望着昏睡的父亲，生我养我疼我爱我的父亲，再一次环视三个多月来父亲治病的病房，也是他和我们全家最后一个春节团聚的地方。一切都晚了，我们趁着父亲昏睡开始悄悄地往外收拾东西，几乎每个人都屏住了呼吸，脚步慢慢地轻轻地。

不一会儿，父亲突然醒了，说要小便，我们兄弟三人扶起父亲开始小便。然而，父亲刚站起来，头瞬间就耷拉下去，我们兄弟三人同时呼喊：爸爸，爸爸。可是，一切归于寂静。三弟马上叫来救护车，吊着输液瓶，连夜我们把父亲送回了老家，迎接他的是正月初三的黎明和母亲撕心裂肺的哭声。

二月二龙抬头，而我的父亲属蛇，的确，蛇永远成不了龙。

那天，兰花开了，父亲却永远地走了。

二

父亲从发病到去世的时间是两年多，其间二弟李鹏接到西安治疗一段时间，我到西安去看过一次，三弟李靖也去了。其间我们父子四人，都心照不宣，谁也不言明父亲的病情，只是有一搭没一搭地绕着话题说些高兴的事。说实话，在西安算是我有生以来，第一次专程陪父亲旅行，我们去大雁塔广场看了亚洲最大的音乐喷泉，游览了大唐芙蓉园。陪父亲吃饭的时候，我点了上好的海鲜，父亲没有拒绝，只是低着头认真地吃。那天，我要了西凤酒喝，喝了不少，父亲也没有拦。其实，我们父子心里都明镜似的，来日一定是聚少离多了，只是一层纸大家都不愿捅破。那次，我还陪父亲到钟楼边的开元商场买了新衣服，我特意为父亲买了件大红羊毛衫，红红的羊毛衫映衬着父亲苍白的脸，他顿时显得年轻了许多。父亲是有文化的人，我买红毛衫的用意，他心里一清二楚。

那次探望结束时，我把在西安居住的大姑、二姨两家和我的两个弟弟都召集到一起吃了个团圆饭，酒喝到一定程度时，我当着父亲的面对两个弟弟说：这次爸爸生病了，不轻，我们都清楚。长子为父（这是我第一次这么说），请给各自的媳妇都说清楚，不管爸爸治病花多少钱，我们弟兄三个平摊。不准说拿得出拿不出，砸锅卖铁也要治。我平常工作忙，在西安看病老二负责，钱就由老三掌管。至于各自尽孝心，那是各自的事情。我说完后，我的两个弟弟都表示同意。父亲只是低着头吃饭，一言不语，但我看出来父亲是满意的，他的心里肯定在说：我没白养这三个儿子，这个家塌不了。

那年二月，我家小院里的月季花和兰花开得特别鲜艳。

命运总是在不断地愚弄着世间的每一个人，总是要把美好的东西撕碎，让人思念和怀念。父亲没生病前，我们一大家子总是年复一年，日复一日，年年岁岁总相似地那样过着。那些年，父亲就是天，我们总是生活在结实的屋檐下；父亲就是一棵大树，我们仿佛一辈子都能在大树底下乘凉。我们从未想过有一天，在这个世界上会天塌下来树倒下去。

突如其来的震惊和惊讶，会让人恍然觉得这个世界原来如此脆弱、短暂，突然间像狂风中的一株小草，抓也抓不住就稍纵即逝了。

那些日子里，我开始猛烈地抽烟，疯狂地喝酒，我仇恨这个世界，我不理解人的命运。也许我作为一个男人的成熟也就是从那时候开始的吧。

那么爸爸年轻的时候应该是上世纪70年代吧，爸爸在人武部工作，那时还没电视，北廓村放电影，爸爸骑一辆加重飞鸽自行车，前面大梁上坐着二弟，我坐后面，爸爸就骑车带我们去村里看电影。当时，爸爸经常到村里下乡，和村里的老乡非常熟悉，我们去村里看电影，村里人还要招待我们吃饭，给我们小马扎坐，在一块野场子里，大白幕一扯，放映员对着幕布一调，先放《新闻简报》，然后就是一场电影。电影结束后，一轮明月就挂在天上，爸爸再骑车把我们带回来，那时的爸爸多有劲多有力呀。

每年中秋节将至的时候，我看到超市里和街上好多人用塑料包装一袋一袋买些水果回家过节,不管是北方的苹果、梨还是南方的香蕉、火龙果,都像用水漂洗过一样干干净净,有的还包上了一层纸。而我总会想起早些年爸爸给我们带回来的中秋水果。那时候,爸爸吃过早饭,就在那辆加重飞鸽车上结结实实地绑两个柳筐,再往筐子里垫两条麻袋就出发了,我们就在家里等到圆圆的月亮爬上来的时候,爸爸就从万户侯、龙湾和熬坡回来了,我们帮爸爸把两个筐子从自行车上慢慢地卸下来,然后,爸爸会从筐里把水果一个一个地拾出来,并告诉我们这是万户侯的梨,那是龙湾的葡萄,还有熬坡的苹果、秋果,那些水果个子不大却十分新鲜,尤其是秋果,每个果子皮上都罩着一层薄薄的白绒绒,而且那果香味沁人心脾。这时,母亲就会拿来一个盛菜的盘子,挑好的把秋果码上去七八个,告诉我们说这叫"闻香香",爸爸就会把在筐里压伤的果子削好叫我们吃,说这些压伤的果子怕放不住。这两筐子果子整个香了我们家的八月。现在,人们都说这些年过节过得没意思了,什么叫没意思呢?我看主要是没有了过节的故事,没有了过节的情味。

三

父亲离开我们七年了,头一年母亲几乎整日以泪洗面,伤心欲绝。为了好照应母亲,三弟在同一幢楼里买了套二手房,把自己的房子腾出来重新装修好让母亲住下,主要是不想让母亲睹物思人,换个环境安度晚年生活。我们兄弟三个隔段日子,总要去看望母亲。有一次,母亲对我说:如果不要送你爸到一院治疗,是不是还能多活些时间。我惊讶母亲的这种思维,突然想到我曾和一位医生探讨过这个问题,我记得他也是说:大部分病人是医生治死的。从某个角度理解,这种混淆逻辑的思维也有些可以肯定的地方。七年前一个清冷的早晨,我们把父亲从老房子里接出来送到太原的医院治疗,我记得那天天还没亮,深深的小巷阴森清寂,星星挂在瓦蓝瓦蓝的天上,大门口原本就带有神秘恐惧的基督教堂让人不寒而栗,父亲穿了羽绒服,戴着帽子,和我们肩并肩跑着从家里出来，没想到三个月后，也是在一个清冷的早晨，父亲是被抬着回来的，从此，我们的父亲就再没站立起来，永远消逝在那个寒冷的早晨。

然而，面对一个和父亲共同生活了四十多年的老人，面对一个一生依赖丈夫而在命运面前万般无奈的女人，我能理解她的心情。坊间不是说："是药三分毒，西医就是治一筋害一筋"吗？几千年来，我们祖祖辈辈生活在中国传统信仰文化的背景下，母亲能例外吗？当初，假设我们不找最好的医院，不找最好的专家为父亲治疗，不是伤得母亲更重吗，父亲能合上眼吗，街坊邻里唾沫星子也要淹死我们兄弟三人。面对离我们而去的父亲和健在的善良的母亲，我们无怨无悔，只有伤悲和思念。

十几年前，我写过一篇散文《白菜花》，赞美我的母亲，还制成了电视片在吕梁台播出，去年，被《吕梁作家文丛》收入散文卷首篇。那时的写作心境只是一个儿子对母亲母爱或者说对中国女性的赞美歌颂。而父亲的去世，让我对生命的理解进一步明朗和彻底，对男人和家庭以及生命的尊严更加敬畏。每年二月望着小院中的月季花和兰花，止于思念却无法提笔。父亲和儿子，生命及尊严，生与死撞击着我的心灵，何止是思念，根本就是灵魂的洗涤。上大学的时候，每到放假，我总要去五一广场面包坊买些新鲜面包带回家，送给爷爷奶奶和父母吃，这些年外出考察学习比较多，回来时，总习惯买几份地方特产，第一时间送给父母和岳母品尝。忽有一日，女儿从西安给我寄来两套我国冬奥申办成功的纪念邮票，十分欣喜。这让我想到20世纪六七十年代的岁月，家里吃顿饺子可真叫改善生活，每每把饺子下到锅里，我就会取出一只空碗，准备好一块干净笼布，第一锅饺子是必须先送给爷爷奶奶吃的，这个任务一般是我来完成。"文化大革命"结束后的那几年，有一次中午也是吃饺子，爸爸让我取出两只空碗，准备两块笼布，我说：还要给谁送？爸爸说：你把这份送到黑楼底福利院里的学习班，你克礼叔在那里住学习班，克礼是爸爸在贾家庄村下乡的一个农民朋友，住学习班前，经常和村里的人在我们家吃饭，有时喝多，他们就住到我们家，半夜里肚子里火得厉害时，就把我们家腌好的黄菜汤喝上两碗，再美美地睡到天亮。

每年正月父亲总要带我们到他们村吃饭，那时叫"出门"。时下，偶与人讨论汾阳的文化底蕴，说实在的，我也不能把它概括出个一二三，脑子里只有这些零碎的事和人，我想也许就在那些"闻香香""出门"里边吧。

我喜欢养些"好活"的鱼种，比如金鱼，养花喜欢绿色的普通植物，花开得鲜艳的不太喜欢，有股妖艳气，养狗也是一般家犬，我觉得自然些就最美，最舒服。在我的小院里还养着一对山麻雀，隔几天，喂上些小米就行了。有时，我把它挂在月季花和兰花上面的铁丝上，"喳喳喳"的叫声回荡在小院，很是惬意。母亲常说：跟了你爸了。那时候，我们住在一个伙院里，我们家还喂了兔子，养了鸡，每每看着生了一窝一窝的小兔子，听着下了蛋母鸡"嘎嘎嘎"的欢呼声，心里真是美滋滋的。而父亲最大的爱好就是照照相，现在叫摄影。父亲在照相馆工作过，经常下乡到农村照相，照生产队学毛选，照民兵演练，照劳动模范，照打靶，那时用海鸥120型相机，每照完一卷回来，父亲就钻到被子里把感光胶卷卸下来，再安上一个新胶卷，然后到照相馆暗室里用显影粉和定影粉把相片洗出来。有时候，我也跟着爸爸进暗室，看到一张张照片在显影水里慢慢地飘出来图像，觉得很神奇。有的还要着色，有的还要裁成花边。爸爸给核桃王王厚富照过相，为民兵英雄陈正孝照过相，有的作品还在《中国摄影报》发表。爸爸走后，我怕母亲看到那么多爸爸的旧照片伤心，征得母亲同意后，我就把那些老照片都保存起来。有一次，我问母亲那个海鸥120相机放哪了，目的是保存下来留个念想，母亲说爸爸离开那个单位时上交了，所以现在就只有些作品，没有机器了。到现在我也不太敢多看那些旧照片。那个年代，那些人和事就永远定影在那些作品里了。

四

父亲的葬礼是去世后第五天举行的。头天晚上，至亲们最后瞻仰父亲的遗容，我用白酒把父亲的脸擦了一遍，司仪让我把父亲的嘴合紧。

望着父亲略微张开的嘴，刮得干干净净的脸上皱纹更显得深凹许多，手背上暴起的青筋明显地袒露着。我想问：爸爸，您还想吃点啥，我给您买给您做。六十八年的人间生活，就应该这样告别吗？我的眼泪夺眶而出，司仪善意地劝我不能把眼泪滴在父亲脸上，说那样不好。盖好棺椁后，我给父亲上了香，独自凝望着父亲的遗像，那是一张很普通的黑白照相，应该是他摄影圈里朋友给照的，而且是从和几个人的合影里截出来的。尽管他一生喜爱照相，为别人留下了许多许多美丽的图片，很多很多的全家福。在这个凄冷的二月，他自己也只能是这么一张黑白遗像了。这张黑白遗像现在放在母亲那里，每年父亲的生日和清明节，我都要买几束鲜菊花供在父亲遗像前，在我的心里，父亲和我们在一起生活的日子是无比美好灿烂的。

出殡前的几天里，汾阳医院院长白林海到家里吊唁，我给他拿出父亲的一个小本本看，本子中间有一页，父亲写着一行字：格列卫，战胜白血病，冲刺把血小板再降下来。格列卫是一种西药，我们刚买回来，父亲坚决不吃，母亲打电话让我劝劝父亲，下班后，我们父子俩坐在一起，在我的再三解释说服下，当晚，父亲开始吃这种药。看了这行字，白院长说：坚强。实际上在太原住院期间，父亲对自己的病情心知肚明，大家只是不说明而已。在往爸爸的棺材里放东西的时候，我选了三件：一是这个小本本，希望他用铁一般的坚强继续治好病；二是一枚"山西省优秀厂长（经理）"的荣誉证，退休前，爸爸是印刷厂厂长，也算是对自己社会工做贡献的肯定；三是爸爸用过的小灵通，恳请父亲在天之灵保佑我们，为我们全家人带来好梦。

父亲兄弟两人排行老大，我们弟兄三个我最年长。在中国社会的传统观念中，男人就是天，天就是顶，是顶子就得扛得起顶得住。爷爷是木匠，一生随遇而安，基本上啥心也不操，九十岁无疾而终，家里遇到些事情，奶奶总会说：问问秉吉（爸爸的名字）。二叔二姑三姑有些拿不准的事情，都会说：问问哥吧。在我参加工作后，无论爷爷奶奶的事，还是叔叔姑姑的事，爸爸也常常会和我商量，共同想办法解决。也许是从小养成的习惯，或许是些根深蒂固的观念，这些年，我在单位担任主要领导，只要同志们有事，无论工作上还是生活当中的家事，我从不推诿，尽力而为。而我也乐于把能为同志们办一点小事当成自己的快乐。

我总觉得许多小事能塑造一个人的性格，决定一个人的品德，我们普通凡人能遇到和办到什么大的事情呢。现在国人都在讲《国学》，电视上说，报告里讲，街头上挂宣传画，我看还是从每个人的小事小节抓起效果好，挂在嘴上的渗透不到品格里。还是从"黎明即起，洒扫庭除""锄禾日当午，汗滴禾下土""吃水不忘挖井人"讲起比较好。父亲在当业务科科长的时候，有一年秋天，厂里要改造库房，锯了门口一棵老树，但树根也要刨掉。否则，影响挖地基。当时厂里说：谁挖了树根就是谁的。父亲回来和我们一商量，我们想，快冬天了，挖出来就能当劈柴烧，于是我们父子和姑父整整用了一个晚上时间，才把这个树根挖出来，然后用小平车推到家里，这个树根可就够半个冬天烧了。爸爸当厂长后，我要搬到三办宿舍住，房子要装修，需要用些夹纸板，厂里存的整整一大库房，我说：能不能便宜点，爸爸说：你可以挑好点儿的，价钱不能少；我要到太原买地板砖，想用厂里的工具车拉一下，爸爸还收了我们二百四十元。至今，那张收据我还保存着，现在看来，父子勤算账，也挺有意思的。所以，这些年，在单位，只要我看到楼灯没关，自己就要赶快关掉，只要看到地上有个线卡子，总要拾起来，只要有几条短的光缆，总想接起来再用，也就是那句老话：穷家家出身。

五

在我五十岁的时候，我写了一首小诗《致五十岁》，发表在《中国作家》上，我写道：父亲走了／我就是父亲。写下这句话后，我感到前所未有的淋漓酣畅。快哉。我又一次找到了一个真男人的感觉。人生事事，过眼烟云。五十岁以后，我常常一个人思考，这世间，什么是你的，什么是你能永远拥有的，其实，你什么都没有，什么也不会永远属于你。

我们每个人只是人生旅途中的一个过客，留给后人的仅仅是一张遗像，一点思念。而这些也会随着光阴荏苒，时光更迭变得发黄。我的父亲在这个世间走了一遭，留下什么了呢？物质上我们家没有企业，只有几间旧窑洞。我想更多的是给我们留下了我们生活在这个世上的幸福感。父亲一生的付出就是培养了我们三个大学生儿子，二弟李鹏是一名博士，桃李芬芳，曾参与过许多国家级科研项目，三弟李靖在农业银行任副行长多年，工作吃苦勤奋，我曾任县委书记的秘书，在媒体工作二十二年，潜心研究广电。

每年过春节我们父子四人聚在一起的时候，爸爸总是特别开心、快乐。父亲望着我们三个都长大成人，略有成就，欣喜之余带着些许得意，像在欣赏着自己的摄像作品。我每次到医院看望父亲，他总是说：快回去吧，那么大一个摊子。二弟在西安电子科技大学带研究生，父亲更是不让回来陪他，直到他离世的前一天。

爱有多深，思念就有多远。痛并快乐让我感到人生的美好。

爸爸刚刚去世后，阴阳先生说棺椁可放在屋里，也可放在院子里。当时，我确实是气懵了，我就是不相信爸爸是走了，我以为他是睡着了，睡一会儿就会醒来，还能回到我们中间。我怕爸爸冷，坚持要把棺椁放在屋里，阴阳先生说要放屋里就得把门框锯开些，我心里想，只要爸爸不受冷冻，只要爸爸能醒来，拆掉房子也行。那几天，我们每天按时为爸爸点蜡、上香、供饭、烧纸。每天都有好多人前来吊唁。爸爸下乡时的农民朋友来了，厂里的老职工来了，张家堡农机站的同志来了，在我们家经常吃饭喝酒的朋友来了，住过学习班我为他送过饺子的克礼叔叔来了，和爸爸一起抖空竹的老寇也来了，爸爸人武部的同事也是我们的院邻，张有亮叔叔更是每天都要过来，那几天，我每天的任务就是接待爸爸的这些生前好友。说实在的，我知道，这个"热闹"的时光不会很长，我恐惧着第五天的到来，我知道那天才是真正的生离死别，可是那天一定要到来。在吊唁仪式上，我强忍着悲痛，几乎是站也站不住了，泣不成声地答谢了大家。现在，我才明白我为什么能成为一名诗人，我骨子里的那点情绪感，那点大爱是从父亲身上学到的。

这些年，"包容"两个字很时尚。可是，包容是什么呢，在哪儿呢？我的姥姥也就是父亲的岳母，早年守寡，一直在我们家和我们生活了多年，父亲总是把她作为我们家的一员，姥姥非常开心，直到在我们家去世。我的岳母也是和我们生活了好几年，我每次出差总要给岳母买些好东西吃。岳母爱抽烟，我只要有一两盒好烟，一定是第一时间送给岳母，岳母去世后，我悲痛万分，泣不成声，常常想到我们一起生活的美好时光。不可想象一个没有情没有爱的世界里，人生还有什么意义。我理解的包容也许就是大爱吧。母亲用大爱养育了我，父亲的包容教会了我怎样做人。每每想起父亲和姥姥，我和岳母，我就觉得生活的美好和快乐。

前面提到父亲的许多摄像作品一直由我保管着。去年春节，我和两个弟弟商量，我们想把父亲的摄像作品整理成一个集子，也算是对他摄像生涯的一个总结，两个弟弟都同意，我还是那句话，出集子要费用，父亲生了我们三个儿子，还是三个人平摊，我可以辛苦点整理一下。我想，在父亲九周年祭奠时我们就能欣慰地告诉父亲，尽管您的遗像是一张普通的黑白照片，但您的摄像世界里充满色彩和阳光，您可以像过电影一样再次认真欣赏您作品里的人物。

在我家的小院里，您建造的小花坛依然如故，我把掉了的瓷板再次粘好，在兰花旁又补栽了一些月季花，每到二月，它们就会开放。每年二月，我在您的遗像前祭奠后，都会望着这些兰花和月季花，仿佛看到您用薄薄的大蒜皮粘在竹笛孔上，抿着嘴在吹响，仿佛看到您用120海鸥照相机为我们照全家福……

二月是春寒料峭的季节，二月也是迎接春天到来的季节。我知道，每年的二月，您都会依恋着我们放歌。

商界名珠

面对挑战，必须勇敢地迎接。

——题记

提起晋商，必言汾商；提到汾商，必言汾阳县百货公司。

汾阳县位于巍巍吕梁山的东麓，晋中盆地的西沿，是连接秦晋的重要通道。自古交通发达、市井繁荣、商贾云集，故有"秦晋旱码头"之称。

改革开放使这个小城焕发了无限的活力。汾商，以其雄厚的实力名扬三晋，饮誉海内外。

作为汾商实力代表的汾阳县百货公司，就像一颗璀璨的明珠镶嵌在这座古城的西南。

汾阳县百货公司成立于1950年，全称为"中国百货公司汾阳分公司"。四十多年来，她伴随着共和国的风风雨雨，走过了坎坷而漫长的道路，并以强者的姿态和坚韧不拔的创业精神，在改革的大潮中抒写了一部恢宏的历史抒情诗：

1988年，这个仅有339名职工的县级小公司利润首次突破百万元大关，达到107万元。成为全省同行业县级公司唯一利润超百万的企业，利税总额连续3年突破150万元。即使是在市场严重不景气的1990年，仍实现利税158万元，其中利润97万元，占全区13个县级公司利润总额的60%以上。七项经济指标在全省110个县级公司中名列第一。

短短的十几年，辉煌而庄严的里程。汾阳县百货公司这颗商界明珠，放射出光彩夺目的光芒。先后被山西省人民政府命名为首批"省级先进企业"，被中商部、全国财贸总工会命名为"全国商业先进企业""全国百货纺织品商业经营管理先进企业"，被山西省商业厅授予"质量管理奖"。今年五一国际劳动节，又被山西省委、省政府评为"山西省模范企业"。

令人称奇的是，在国营商业经营规模萎缩，经济效益严重滑坡的情况下，作为一个县级百货公司是怎样成为如此辉煌的企业呢？

汾阳百货公司和"汾百人"告诉我们……

一 跳出囚禁的鸟笼

20 世纪 80 年代，中国人又奏响了一曲涵盖古今的雄浑壮丽的绝唱。那绝唱时时迸发出强烈的音符，震撼着古老的汾州大地。

汾阳县百货公司从历史走来，向未来走去。

年长的"汾百人"都知道，公司从 1950 年 3 月组建到第二年 3 月，累计销售额只有 20 万元；在"政治挂帅""思想领先"的年代里，连续 4 年销售利润下降。即使到党的十一届三中全会前的 1977 年，这个有着近 30 年经营历史的国营商业企业，利润也只有 51.4 万元。

政策、体制、经营方式、管理等各方面因素囚禁着企业。

1984 年，改革开放的春风冲破娘子关，跨过汾河，吹绿了汾州大地，遍体鳞伤的小城，用羸弱的双手一把推开了久闭的窗户，看到了云层遮挡处朝霞的灿烂，迎来了挡不住的诱惑。这一年 6 月，已故经理殷茂林出任该公司第十任经理。历史和未来在对话，现状和现实在挑战，汾阳百货公司像一辆疲倦的纺车，带着痛苦的呻吟，终于发出了愤怒的呐喊。以经理殷茂林为首的承包集体组建起来了。

一份庄严的承包合同，一个庄严的签字仪式，宣告了这个几乎和新中国同时诞生的商业企业，将毅然跳出长期被囚禁的鸟笼，大步跨越到一个崭新的时代。

几十年一贯的僵化体制，陈旧的人事、干部、分配制度，落后的经营设施和脆弱的竞争实力，一次又一次地拨动着企业家的神经。

经理殷茂林说："不进则退，要让我守摊子，我宁肯回去当一名普通的售货员。"

承包组成员们说："改革需要勇气，要改就改它个天翻地覆。"

职工们说："正合我们的心意。"

"不以新变，难以代雄"。这是汾阳县百货公司经历了改革的阵痛后得出的最基本的结论。从1984年开始，这家公司率先在经营体制上实行"四级承包"：公司承包组向县政府抵押承包；公司下属的行政三室、批发各科和零售门店，对公司实行多指标承包；零售各经营柜组向门店负责，进行利润、任务承包；各个岗位工作人员和售货业务人员定岗定责，承包分解指标。在承包内容上突出了"两保"：保利润实现、保上缴利税。同时，对企业32类人员制定了232条岗位责任制。

这难道仅仅是一条条经营责任制吗？不，这是汾阳百货公司的领导者以恢宏的气度和敏锐的洞察力，为重振国营商业企业的雄风，提出的崭新构想；这是几代"汾百人"凝成一股气，拧成一股劲，走出三尺柜台投向改革大潮的英雄壮举；这也是一个老企业走出困境，向现代化企业迈进的一次痛苦的蜕变。

当有人还在怀疑这种构想是不是能行得通，办得到的时候，火爆的汾阳百货公司又趁热打铁，抛出两颗重型"炸弹"：一是企业实行全员现金抵押。引进利益驱动机制，把企业兴衰和个人利害紧紧地捆在一起，他们根据干部职工的不同岗位、任务和职责，定出不同的现金抵押等级。这样，人人有了担子，有了危机感，有了风险感；二是实行工效挂钩，联利奖惩，使企业利润和个人收入形成水涨船高之势。

企业经营机制的大转向，点燃了全公司职工蕴藏在心底的自信之火。人们看到了希望，对企业的未来充满了憧憬。百货大楼一名女职工，叔叔在省里一个要害部门掌实权，曾一度时期不安心本职工作，想调到太原市的工商、税务部门，看到企业在改革中敢于做弄潮儿，有大动作，便打消了调动的念头，决心和企业共兴衰；不少青年售货员，主动向老师傅请教业务知识，积极参加公司组织的量布、点钞、心算、珠算等练兵活动。全公司出现了老职工怕"掉队"，青年职工奋发努力的比学赶帮超局面；鞋帽服装科全员抵押承包后，千方百计组织适销对路的商品，1988年、1989年连续两年利润翻番。企业有了效益，职工得到实惠。职工们高兴地说："啥叫社会主义？这才是真正的社会主义。"

二　做羊群中的骆驼

在日本，西武百货集团是一个闻名遐迩的大企业，它的名气不是规模如何庞大，而是其灵活多变，富有新鲜的经营风格，使西武总能走到时代的前列。其总经理堤清二有句名言：西武不能和别人一样，我们要成为羊群中的骆驼。

这句话同样适用于汾阳百货公司。

十年改革的成就之一，就是打破了国合商业独家包办市场的局面。上世纪80年代后期，正当一些商界权威人士和理论家们无休止地议论市场疲软问题的时候，汾阳县百货公司的实干家们果断地提出：国营商业要引导商业发展的方向和潮流。

在国营商业和社会商业共同发展的进程中，汾阳县百货公司面对的困难是可想而知的。首先是市场条件差。汾阳县地处吕梁山，人口34万中有近29万是农民，消费水平比较低，流动购买力不多，加之距省城太原市仅108公里，距地区二级百货站只有15公里，市场潜力不大；其次是竞争对手多。随着改革开放的深入，社会商业异军突起，在这个"弹丸之地"形成了"百家经商""多头批发"的格局。在县城，个体商业店铺林立，加之供销社进城，二级站抄后路，使国有企业只能在夹缝中求生存，求发展；此外，企业负担也在逐年加重。由于银行调整利率，小商品、棉织品恢复全税以及印花税、土地使用税的开征，仅1989年比1987年企业就增加负担79万元。不是在沉默中死亡，就是在沉默中爆发。是逆水行舟，抓住机遇，迎接挑战；还是牢骚满腹，胸无大志，一味"守株待兔"。"汾百人"勇敢地选择了前者。

有一位地委领导曾向他们提问："对个体工商业发展你们持什么态度？"经理殷茂林肯定地回答："不让人家发展是不行的，挤垮别人也没有必要。你活别人也要活，大家共同发展。"当时主管业务的副经理武晋志说："你发展我也发展，我发展的速度快就能抑制你，以限制别人发展来发展自己是不行的。"

事实上，汾阳县这些年商业发展的潮流，多由像汾阳百货公司这样的国有企业率先引导，个体户随波逐流，尽管个体商业网点不少，但始终形不成气候，其关键之处，就在于国有商业始终先行一步。

1990年，国家商业部授予汾阳百货公司"全国百货纺织品商业经营管理先进企业"，在激烈的市场竞争中，汾阳百货公司作为晋商的一支劲旅，能力挫群雄，跻身于全国商业界，立刻在汾州大地乃至三晋商界掀起轩然大波。

一位《人民日报》的记者带着如何重振国合商业雄风的问题，采访了这家公司时，他们没有用深奥的理论来回答，却对记者讲了中国纵横术中的一段佳话：秦末，在一次战争中汉将韩信奇迹般地大败赵国，有人问韩信：兵法上说，右边背着山陵，则左边对着川泽，要背山临水，而今天将军背水为阵，却竟然打了胜仗，这是什么战术？韩信说：兵法上不也说，将士卒置之死地才能绝处逢生吗？大概背水一战的含义中也包含着以变应变的道理吧。

姑且不说它的偶然性，我们不是也能从中悟出很深刻的启示吗？

在多元化的市场角逐中，汾阳县百货公司的决策者们认为："什么是渠道？谁的东西多谁就是主渠道。"在商业购进上，他们坚持"早、多、稳、联"的四字进货法和"四进五不进"的原则：早，就是早计划、早运输。大路商品抓在销售前，适令商品抓在季节前。做到季前多进，季中补进，季后处理；多，就是多渠道进货。本着适销对路、质高价廉、手续正当的原则，不分国有、集体、大厂、小厂都是货源。1990年前半年，他们从全国252个厂家直接购进700余万元的商品，比二级站进货增加毛利40万元；稳，就是同主要的供货单位建立稳定的长期供货往来关系。目前，已有 80 多个厂家、批发站和他们建立了稳固的供货关系；联，就是经常派人到全国各地进货，一边了解情况，一边掌握信息。足迹踏遍了祖国的千山万水，有的经理、科长全年有 200 余天在外地跑货源，联络商业感情。在进货渠道上，他们"玩"得很活，在商品质量上他们却卡得很死。用他们的话说就是"四进五不进"，即：必备商品全进，适销商品多进，民需商品必进，新兴商品先进；没有注册商标的商品不进，没有物价部门批准的价格说明书商品不进，假、冒、伪、劣、次商品不进。一位消费者说："百货公司的商品花色齐、品种全、质量高、价格廉，我们买得称心、放心。"

销售，商品生产的最后一个环节。跨进现任经理武晋志的办公室，我们一眼就看到在显赫位置上悬挂着马克思的一段名言：商品的销售是一次惊险的跳跃，失败了，摔坏的不是商品，而是商品所有者。

在 900 平方米宽敞明亮的批发展销厅里，一派繁忙的景象，一位批发科长告诉我们："我们是真正把客户当上帝了，为上帝服务，就得有一流的服务手段。"他们坚持每月举办一次商品展销会，主动邀请县内 18 个乡镇供销社和省内平遥、孝义、介休、榆次、太原等 12 个县市、200 多个客户参加。客户来到公司后就像到了自己的家，有茶有水有饭，百公里以内的客户免费送货。对公司的销售基地户和信得过的单位，还可以先拉货，后结算，或适当延缓付款；对季节性强的商品两个月内，一般商品半年以内，只要商品无损害，公司保退保换；客户如发现购买的商品价格高于邻近三级站的，还可以冲退差价。去年他们还根据市场服装走俏、化妆品卖快的情况，专设了服装、化妆品、衬衫、钟表等批发科和专柜，使买卖越做越红火。

成功是经验的积累。高效益来自现代化管理。

汾阳县百货公司还要不要发展？怎样才能在激烈的市场竞争中站稳脚跟，打出国有商业的一面威风来？

实践证明，汾阳县百货公司的决策者们不愧是一个"放开眼睛看世界"的整体。

企业管理会上讨论，党支部会上研究，各门店上上下下提建议，最后职代会一锤定音："继承发扬传统管理精华，博采众长，结合实际，走内涵发展道路。"一个现代化管理的新思路在全公司职工中构建起来了。

　　没有行政命令，没有现成经验，他们硬是靠一股闯劲，靠实事求是的科学态度，走出了传统经验型管理的樊篱。——汾阳百货公司，就是不能和别人一样！

　　在汾阳百货公司，我们看不到一杯清茶，一张报纸的管理人员，我们听不到有人抱怨政策不优惠、不平等。他们对这些话题根本不感兴趣，他们同你谈的是"今年我们公司要怎么样，后年……"无论是谁都会感到有种不可摧垮的自信心磁石般地吸引着你，一种蓬勃向上的精神让人流恋忘返。一位全面质量管理办公室的负责同志告诉我们说：这种向心力和凝聚力，来自公司的方针目标。每年，公司都要制定一个符合公司实际、鼓舞人心的方针目标，提交职代会讨论通过后，由全质办展开。各科室、门店根据这个总的方针目标，再制订出各自的方针目标和对策，层层分解落实，直到班组、个人，做到横向展开到边，纵向分解到底。有了目标就有了奔头，他们风趣地把这个方针目标比喻为：既不是唾手可得，又不是不可企及，是需要跳一跳才能摘到的果子。

　　质量是企业的生命。为保证公司方针目标的实现，他们率先在全省商业系统推行了全面质量管理，并以基层班组为依托，广泛地开展了群众性的 QC 小组活动。各 QC 小组根据公司和本部门的方针目标的要求，针对实际工作中存在的关键性问题，选择了攻关课题，进行现场调查，原因分析，提出活动目标，定出措施对策。现在，全公司 38 个 QC 小组都能熟练地运用排列图、直方图、"鱼刺图"、系统图等图表，使问题、原因、对策一目了然。人民商场服装经营部 QC 小组，千方百计方便顾客，利用业余时间到服装厂请教裁剪师，并根据自己的实践，摸索出了一套服装规格设计表，有效地提高了售货员看体售衣的技能，同时也为顾客挑选衣服提供了方便。去年，先后有一个 QC 小组被评为国家级优秀 QC 小组，三个 QC 小组荣获省级优秀 QC 小组称号。

"两笔账把企业算活了。"1987年，汾阳百货公司算了两笔账：

一笔是批发部的盈亏账。从1980年到1984年的五年中，批发部年平均利润只有76500元，同公司第一门市部相比，资金高于门市部20倍，人员多于门市部4倍，但年平均利润却与这个小门市部相等，这是为什么？第二笔是商品浪费账。比如批发部文化科经营的一种戏剧油彩，原值每件160元，超过保本期15年，仅利息和保管费支出即达263元，超过原值的64.4%。而且这种商品已接近报废，如按报废处理，每件给国家造成的直接损失达400余元。据一份统计资料表明：截至1987年，全公司共有超保本期商品2169种，总值为124.8万元，占到库存总值的32%。这么多超保本期商品长期沉睡在库内，不要说一个小小的县级公司，就是实力雄厚的大公司，也要被这个沉重的积压商品"十字架"压得喘不过气来。在清理登记超保本期商品的那段日子里，一箱箱原始资料从档案室中搬出，一份份的统计资料和财务报表从每个管理人员的眼前掠过，一道又一道的测算公式在无数遍的实验中逐渐形成。成功后的喜悦是包含着泪水和追求的。全国财会先进工作者、总会计师赵仲芳的眼熬红了，人也瘦了一圈。就是凭着一种对社会主义企业的挚爱，一种强者的气魄，他们终于闯过了这个"金三角"。

在对各类商品的保本期进行全面测算的基础上，他们设立了各类商品保本期对照表，使每种商品都能根据毛利率对号入座。经过几年的积累和实施，收到了显著的成效。现在，全公司的库存产品适销率基本稳定在90%以上，库存超保本期商品，由1986年占库存的48%减少到8%。今年5月，省委王茂林书记到汾阳百货公司视察工作时，对他们推行的这种管理方法给予了充分的肯定和赞扬。

资金是实现流通的根本，是企业运行的血液。1988年，他们开始在批发部建立了内部银行，把过去批发各科分散管理的资金，统一管理起来，并坚持"集中管理、分别核算、有偿使用、定额信贷、节约有奖、超额罚款"的原则，公司再也不要为资金此处闲置彼处不足而大伤脑筋了，批发部和各门店经理自豪地对我们说："内部银行的建立，大大提高了资金使用率，加快了资金周转。1990 年，我们的资金周转天数为 43 天，比国家二级企业标准还加快了 87 天呢!"

小小的县城，小小的百货公司，把企业管得这样好，把买卖做得这样红火。究竟有什么高人指点，还是读了什么"天书"!

雪片似的邀请做报告的信件，一摞一摞地堆到了经理的办公室桌子上，要求来公司参观取经的电话，通过办公室小干事的电话记录簿频频转到经理室。

一向以实干著称的汾阳百货公司的领导者们，在总结这些年公司为什么发展得这么快时，归纳了两条：一条就是省、地、县各级领导的大力支持。省委书记王茂林、省长王森浩、现任副省长王文学、地委书记姚新章等多次深入汾阳百货公司，对企业的发展做了许多重要的指示；县委、县政府主要领导，特别是分管财贸工作的副县长刘效孟被大家誉为公司的"好顾问"，更是经常地"泡"在基层，具体帮助企业制定改革方案，完善企业管理制度。去年，在省商业厅的指导帮助下，由刘效孟副县长主编，在山西经济出版社正式出版了一本十章四十节的企业规范化管理制度；第二条就是不等不靠，加大市场经济的分量，强化内部管理，以变应变，练好内功，他们还总结了一条非常简单的公式，这就是：货源+服务+管理=效益。

三 合力来自上下理解

汾阳县百货公司之所以能在竞争激烈，对手如林的环境中创造出辉煌的成就，关键的一条就是：上下理解，精诚团结，形成合力。

在这个企业，没有"茶碗一端，说话无边；香烟一点，专说人短"的人，也听不到"不琢磨事，光琢磨人"的言传，在这里，我们只能感到整个企业是一架满负荷运转的机器，每一个零件，每一个部位都运行得那样自然，那样得体。

在经理办公室，恰巧遇到党支部书记贾履珍。就企业中心和核心的问题，我们同她广泛地交流了看法，党支部书记贾履珍说："从老经理殷茂林到新任经理武晋志，我们共同在汾阳百货公司相处了 20 多年。老经理稳重沉着；晋志经理年轻有为，富有魄力。我们彼此都非常珍惜共同走过的道路。作为党支部一班人，既然参加了承包班子，参与了企业决策，就要勇敢地承担决策的后果。我的责任就是与经理负责制的中心人物共同担风险，充分发挥党组织在企业里的政治核心作用，全力维护经理在企业的中心地位。所以有人争论什么核心和中心的关系，我认为是一个没有意义的论题。"

好一个企业的党支部书记，好一个女党员代表。在汾阳县百货公司，党政领导可谓是文韬武略，行当齐全，在干部职工中都享有很高的威信。

领导者的威信还来自于实干和奉献。这是汾阳百货公司领导层中一个共同的信条，在这个公司里，每个领导者既是决策者，也是实践者。有一次，晋中工业品贸易公司的一辆货车，在离石返回途中，在王家池附近不幸发生车祸，当接到求援电话后，经理武晋志不顾家中妻子有病，立即组织人员、车辆亲自赶赴现场，将货车从沟里拖上公路，连夜牵回汾阳百货公司，第二天又陪同出事者到交警队处理了事故；公司副经理，人民商场经理马瑞芳，多年来，只要柜组外出进货，她都要主动参加。有一次，她和柜组的同志去太原、榆次、平遥进货，回来时已是晚上 11 点多了。不巧这天她爱人也有事没有回家，孩子一个人想吃饭，锅里空空的；想喝水，暖瓶也是空的；空荡荡的屋子，一个人不敢待，只好坐在大街上的路灯底下，等着当"经理"的妈妈。

美国钢铁大干卡内基说过：一个事业家能够获得成功的秘密只有一个，就是他是否能够同他的员工相处得好！公司领导不仅重视领导成员之间的相互理解、支持和以身作则，更不会忘记与他们并肩奋战、默默奉献，创造荣誉的职工。这些年，他们通过办知青企业安排了职工子女80 余人就业；新建职工宿舍 127 间，并都供上了暖气；公司投资近万元，建起了职工理发室，男、女浴室和职工食堂，解决了职工理发难，洗澡难和吃饭难的问题；公司还规定：凡本企业工龄在 10 年以上的职工，每两年给拉煤一车，不收运费，只收油费；凡本公司职工的子女入托、入学每年可报销学杂费 30 元；根据主管局与技工学校所签协议，凡职工子女报考技工学校，代培费由单位报销；公司还投资 1 万多元，鼓励和支持职工带薪上电大、函大。目前，已有 30 余名职工，经考试合格取得了大、中专毕业证书。1989 年，县政府奖励给公司承包成员 11000 元奖金，他们主动拿出 9500 元分给职工。

内聚力产生于物质元素间的相互吸引。理解沟通着人们的心灵、宽容和吸引力。正如马克思所说：只能用爱来交换爱，只能用信任来交换信任。汾阳县百货公司的企业家们始终认为：理解是凝聚力的基石，而理解的基石则是坦诚，以心换心，他们把这些体现社会主义优越性的有意义的活动都融进了公司拼搏奋进的主旋律中。一位老职工说："这些年，我们企业赚了不少钱，尽管职工生活福利暂时没有太大的改善，但我们新盖起了几千平方米的商业网点，我们没怨言，我们打心眼里高兴。"

多么朴实的语言，多么无私的奉献精神！每当我们置身于这个企业，无不为他们团结一致，上下理解，努力工作的气势所打动。真想自己也变成一个"汾百人"，投到那情浓意浓的怀抱。

四　帷幕刚刚拉开

古希腊谚语说：你不能两次踏入同一条河流。带着五光十色的希冀和梦幻，带着对汾阳县百货公司的一片情意，我们再次跨进了优秀青年经理武晋志的办公室。

这位年纪不大，却在商界厮杀了 20 多年的年轻经理，正在和他的助手们研究新的发展战略。他说："一旦抓住机遇，领先一步，就能步步争先；一旦失去机遇，落后一步，就会步步落后，因此，我们必须永远走在前面。"

这是一个县级小百货公司经理的话吗？不，这分明是一位商界哲学家的格言，这分明是一个企业家经验和灵性的闪现，这分明是一个决策者以更大的气魄谋求公司大发展的宣言。

他告诉我们：在小平同志南方谈话和中央政治局会议精神的鼓舞下，目前，公司正在结合学习太原五一百货大楼经验，进行四项改革：一是统分结合，实行司批零合一，他们认为，发挥规模实力，是国有商业参与竞争的一大优势。太小的企业在大市场竞争中无法生存，应该把原有的企业浓缩，"收拢五指，形成拳头"，以集团型企业统一对外发展；二是缩减"钢性工资"，提高"弹性工资"。全体干部职工按原基本工资相对数额和绝对额双轨下浮，并将下浮工资与奖金结合在一起考核。三是在人民商场和百货大楼两个最大的商场试行"部组承包、双联计酬"。在分配上，实行了联销联利为主要形式的分配办法。上不封顶，下不保底，原工资只作为档案工资。同时，商场给各部组下放了进货、作价和资金使用等权力；四是对管理水平差，出现亏损的商店，实行全额风险抵押承包。每月按规定交足承包费，超额利润全部返还，如若欠收，也必须交足承包费。

有人说，经理好像太"原则"、太"残忍"了，他却说"别无选择。"

在隆隆的搅拌机的吼声中，我们看到一幢1000多平方米的营业大楼将矗立在汾州大地，展示出国有商业的雄风，据说，在不久的将来，一座新营业楼即将破土动工。

好大的气派，好大的威风。

汾阳县百货公司，你不愧为一颗璀璨的商界明珠！

迈出一步天地宽

一个成功企业的背后，往往站着一位卓越的企业家。

——题记

引　子

果然准时，下午四点，我敲开了汾阳县乡镇企业供销公司经理药二俊的办公室。

办公室装潢得很漂亮，不，应该说很简洁。我要找的人就端坐在墨绿色的总经理办公桌前。

利用他接长途的空隙，我审视着这位经理：大约有四十五六岁吧。胖乎乎的圆脸上，镶嵌着两道浓浓的剑眉和一双乌黑的眼睛，那双眼睛深邃、沉毅，让人充满信心。早已谢顶的额头上却有着几缕油亮的黑发，黑得那么潇洒浪漫。我从心里暗暗憎恨《圣经》中为什么要把世界上最聪明的摩西，塑造成长了两只犄角的人呢？

"给我树碑立传？为时过早吧！"他放下电话，不无幽默地说。

"用20世纪50年代的话说，我充其量不过是个小业主。算得上什么企业家？有什么好写的呢？对这美事，我确实不感兴趣。"他婉言谢绝道。

我知道自己不是专职记者，缺乏采访经验。但我压根就不准备采访他，只想认识他。

"老药，占你的一点时间，咱们聊聊你是怎么把这个公司折腾成现在这个样子的? 比如……" 我仍然坚持要知道个一二三。

药经理无可奈何地顺手接通了公司内部电话: "办公室吗, 请给县委办公室小李提供一些材料, 接待好。"

我离开药经理办公室时, 不禁想起了美国汽车大亨艾柯卡的幽默。

一 你别无选择

记得一位大作家说过: 人生的路很长很长, 但关键的只有几步。从办公室主任那里, 我初步对药经理的人生轨迹, 有了轮廓性的了解。

1990 年, 已经步入不惑之年的药二俊, 出任汾阳县乡镇企业供销公司第五任经理。开始揭开了他人生旅途上最辉煌的一页。

40 多年来, 他第一次感到生活是如此这般的严肃。3 间旧平房, 19 名职工, 2 万元流动资金。这算个什么公司。

药二俊毕竟不是初出茅庐的娃娃后生, 他深深地懂得: "此地春来晚。" 尽管改革的大潮早已在沿海地区掀起滔天巨浪, 但作为山高路远的内陆县城, 仍是步履艰难, 还没有足够的勇气推开紧闭的窗户。

望着这个小摊子, 他独自漫步在清冷的月光里, 暗暗思忖: 这步棋是不是不该走? 药二俊你是不是开车开晕了头?

他狠劲拧了一下自己的手指, 很疼, 神经还没麻木。从 1968 年离开清徐老家, 只身来到汾阳, 20 多年来的风风雨雨, 啥活没干过? 啥困难没遇过? 童年时代是 "苦老大", 家务事干得比谁都多; 三年的军营生活, 练就了一副坚韧不拔的铮铮铁骨; 之后便是漫长的司机生涯, 使他不论遇到什么信号, 都能准确地把握住前进的方向。

他清楚地记得那天乡镇局党支部书记王茂吉同他谈话的情景。

"二俊, 发展乡镇企业是一项长期战略任务, 是广大农民彻底摆脱贫困, 奔向小康的必由之路。现在, 我们县发展乡镇企业的势头很足, 可是, 乡镇企业国家原材料没计划指标, 产品不包销, 你一定懂得肩上担子的分量。"

"我能行吗？"二俊从来就没有想过自己后半生履历中还能填上"经理"一栏。

"迈出一步天地宽。你行，你别无选择！"

信心和倔强的个性，使药二俊走出驾驶楼，登上县乡镇企业供销公司经理的宝座。

二　出水才见两腿泥

1990 年底，这家公司的年销售额是 20 多万元，利润仅有 1 万元。基本上处于"守住摊摊沾住手，赚上一点糊住口"的状态。药二俊担任经理后，毅然在承包合同上签字：销售 297 万元，利润 7 万元。

"药二俊又在瞎逞能。"

"账是一笔一笔算的，钱是一分一分赚的。等着瞧吧，准赔得门窗也找不到了。"

"四十大几了，不安安稳稳过日子，何苦呢？"

可药二俊终究是个黄土坡上的血性汉子，他说："是英雄还是草包，干下来见分晓，出水才见两腿泥。"他才不信那邪呢！

整整一个月，他不是蹲在公司查阅资料，就是跑到乡镇企业搞调查研究。他觉得，乡镇企业供销公司要想有所作为，必须冲破现行的鸟笼经济，发挥供销结合的优势，大胆地参与市场竞争。

他把全公司 70% 的人员，放到了供销第一线，着手建立了焦炭、公路铁路、检查、财务等业务科室，并派出大批购销人员，走遍太原、榆次、天津、河北等省市，在全国各地建立了 30 多个购销基地，使经营品种迅速扩大到 1500 余种。

路子是跑开了，可是钱还是赚得不多。他发现，汾阳乡镇企业供销公司不是一条可以傲视大海的巨轮，只不过是条趁风平浪静之时在近海捞点鱼的小渔船。政策松一松就可以发点大财，政策紧一紧就承受不了。综观这些年的经营活动，品种单一，结算呆板是制约经济效益的一个重要原因，于是，他把目光瞄准了焦炭市场。

焦炭，是全县乡镇企业的主导产业之一。过去，乡镇企业供销公司只经销一些钢材，从来没有在焦炭上做过文章，他望着一座座小山似的焦炭，思考着怎样才能使他们变成一捆一捆的票子。

1990年的春节刚过，药二俊只身闯入了天津外贸开发区。可是跑了18个厂家、公司，都是一句话："焦炭不好销"。整整3天，竟没订出一吨焦炭。

药二俊发怵了，他想：是不是这个突破口找的有问题？

皇天不负有心人。他终于和深圳罗湖进出口公司的一个业务站取得了联系。第二天，便一溜烟赶回汾阳，把几个焦化厂长带到天津。不是谈判，而是签合同，一下便订了2万吨焦炭。并请实力雄厚的太原市物资贸易中心作保。

2万吨，700万的大买卖。整整让药二俊高兴了三天三夜。两个月里，他亲自从省运公司调了整整70部15吨大卡车，把散落在各个焦化厂的焦炭源源不断地运到天津港口，足足堆成了一座座小山。

然而，天有不测风云，1989年春夏之交的政治风波之后，出口产品受阻，眼看到手的钞票被泡了黄汤。

各个焦化厂一天三五七趟地跑公司。

"老药，厂子眼看就要停产了"。

"经理，你可不能不够意思。"

"这下药二俊彻底没招了吧"。有人幸灾乐祸道。

的确，药二俊也为难了。他暗暗地在骂娘："他妈的，美帝国主义。"

天无绝人之路。药二俊很快找到担保单位——太原市物资贸易中心。可是700万，不是个小数字呀！药二俊想：头风头水的，决不能栽了。做生意如同浪里行船，常常要冒风险。对付风浪的最好办法是了解风浪，并果断地纠正航线。经过几番周折，他终于同中保单位说妥：以货代款。

于是，82部大卡车，以每辆5.4万元的优惠价开到了省运输公司和各个焦化厂。物资串联的结果，使三者皆大欢喜。仅此一项，供销公司不仅没有赔进去，还纯收入 38 万元。

药二俊长长喘了口气——终于没有栽了。

三 供销循环理论

"围绕服务办企业，办好企业靠服务。"是汾阳县乡镇企业供销公司的经营方针。药二俊把它上升为供销循环理论。这一条看起来并不是怎样光辉夺目和新潮的宗旨，最可贵的是他和他的伙计们真正这样做了。

1990 年 6 月的一天，南马庄焦化厂厂长风风火火地闯进了药二俊的办公室，请他帮助解决两吨焊接管。当时，公司也没有现货，而且该厂暂时又没有现钱。业务科的同志一合计，到外地进这点货，运费高，没什么赚头，而且还得垫款，不太乐意做。可是，药二俊说："咱们公司的职能，就是为乡镇企业提供服务。咱投资，他们才能生产，他们停了产，我们就没货源保证，咱们供销公司不就关门了？这叫供销循环。"一番话说得采购人员心服口服，马上就动身为这家企业买回了急需的焊接管。

1991 年春天，全县农村上百家砖厂开始投产，可是砖机设备的一些小配件，跑遍全县所有与机械有关的经营门店、公司都搞不到。不少砖厂的厂长们找到药二俊，希望他能进点砖机小配件。当时他想，都是些块儿八毛的小零件，跑一趟厂家不值得，可是不进货，又无法解决乡镇企业的困难。于是，就在公司中开辟了这项新业务。3 个月的时间里，他很快派出人员，到各个砖厂摸底调查，并组织采购人员，从全国各地采购回 10 万元的砖机配件和七百余种辅助材料，仅此一项经营额就达 7 万余元。

资金是企业生产的重要因素。他发现"你欠我，我欠你，他又欠你"的三角债，是困扰许多企业发展的顽症。于是，他行踪匆匆，四处奔波，共为 30 多个企业清回三角债 575 万元，使 18 个企业起死回生。

药二俊领导的公司，就是靠优质的服务，在广大乡镇企业中占得了一席重要地位。

四 公司与经理

没有公司，就没有经理。

忙忙碌碌的生活，使药二俊犯病了。在汾阳医院神经内科病房，我恰巧碰到了他，医生说："老药，你这头疼病时间长了，做个 CT 检查吧。"他满怀感激之情而又婉言谢绝道："我知道做个 CT 一下子就要花几百元钱，如果我公司的职工一头疼脑热就做 CT，公司要多大的医疗开支。"

我趁他输液的时候，同他谈了谈企业管理的看法，他深有感触地对我说："我国与先进工业国家最大的差距，就是在管理上。大锅饭、纪律松懈是制约企业发展的两大顽症，企业要在市场竞争中求得生存和发展，就必须两眼盯在市场上，功夫下在管理上。"在他领导的公司里，始终信奉着一条不成文的规矩："进门者请放弃一切自治。"药二俊上任后，第一个给职务的便是公司办公室主任。由办公室牵头，很快建立健全了公司各科室、各门市的任务指标，制定责任制，并以党支部、工会、共青团为依托，在全公司开展了"公司兴我荣，公司衰我耻"的活动。广大职工在紧张而愉快的环境中兢兢业业地工作。有一次，药二俊内弟媳妇违犯了公司规定，他就在全体职工大会上点名批评，并勒令停发奖金，做出深刻的检查。

在药二俊的领导下，这个小小的供销公司经济效益大幅度提高：从1990 年到 1991 年，两年迈了两大步。1990 年完成销售 950 万元，实现利润 85 万，上缴国家税金 55.2 万元，上缴管理费 51.25 万元，分别比1989 年增长 375%、880%、800%和 500%；1991 年完成销售 1760 万元，实现利润 121 万元，上缴税金 65.73 万元，上缴管理费 54 万元，分别比1990 年增长 5.7%、17%、6.3%和 5.4%。先后受到省委、省政府和县委、县政府的表彰。

与此同时，药二俊也取得了应得的荣誉：先是县委、县政府的"特等劳动模范"，继而又是省局、地局和行署命名的"劳动模范"。1990 年岁末，一张全国优秀供销员的表格放在了他的桌上。县上和局里都让药二俊同志去。可他却把这份荣誉让给副经理李润生。有人说他是"傻子经理"，他却说："润生既是焦炭科长，又是副经理，这两年，对公司贡献很大，还是他比较合适。"

并非结局

短短两年多的时间，谁都不敢相信，药二俊硬是靠一种企业家的胆略和智慧，把三间小平房的公司搞得这样红火。

1991 年，在县城西北角建起一座 3000 多平方米的白色大楼，他就是新的汾阳县乡镇企业供销公司营业大楼。一展乡镇企业供销公司的风采。

欲望，是一种无法想象的力量，成功的力量。当我按捺不住激动的心情，再一次留恋这个公司时，药二俊自豪地告诉我，今年秋天，他们还准备投资 350 万元，再建一座集会议、服务、住宿为一体的乡镇企业服务大厦，还要投资 100 万元，同深圳联营生产高级饮料，投资 50 多万元兴办一个直属焦化厂……

好风光，好风采呀！我想汾阳乡镇企业供销公司的未来一定会更美，更好。

在我冷静地审视药二俊和汾阳乡镇企业供销公司的时候，我想起鲁迅先生的一句名言：中国自古以来就有埋头苦干的人，拼命硬干的人，舍身求法的人，为民请命的人，这就是中国的脊梁。

只要有了爱

荷兰最杰出的画家凡·高，一生对艺术孜孜追求，勤奋创作。即使在炎炎盛夏，他也不放弃到农村田园写生，为此，他的头发被炽热的骄阳烧光了，他的皮肤也晒黑了……但是，他却成了一个对艺术酷爱的画家。于是《拉摩罗的收获》《向日葵》……被后人交口称赞。

我国当代著名"大墙文学作家"从维熙，在"四人帮"肆意横行的年代里，身陷囹圄二十余年，倍受折磨，但他从未停止对人生、对正义、对光明的追求，于是有了《大墙下的红玉兰》《北国草》……有了对人类的爱。

陈铁军、周文雍刑场上的婚礼，枪声，为他们揭开新婚的第一幕，刑场，便是他们的洞房。对革命成功的坚定信念，崇高的党性原则，生死友谊，点燃了他们爱情的火焰。

老山前线的勇士们，吻别新婚的妻子，告慰养育之恩的父母，离开深藏着童梦的故乡小河，开赴前线，严惩越寇，为国捐躯，用一颗火热的爱国之心，谱写出"壮国魂，振国威"的英雄乐章。

年轻的朋友们，莫要叹息自己命如纸薄；休得埋怨人生坎坷，道路曲折，前途渺茫；更不要为流云惋惜，为环境恶劣、工种不好而丧失追求的精神和对新生的渴望。

只要有了爱——对人类的爱，对祖国的爱，对人民的爱，对事业的爱，对青春的爱，对自己工作岗位的爱！

你就不会再叹息命运的刻薄。

你就有了生存、追求、上进的勇气。

我　们

　　记得去年有家杂志欲更换一下刊名，起个《某某工人》吧，觉得缺乏诗意，起成《硕大的穹窿坠落，地上一片阳光，一片绿荫》，又不免不伦不类，冗长且不知所以然。根据该刊编委会更名的要求：一、要有工人阶级的特点。二、要有开拓性，进取性。我的一位朋友便为她起名为《我们》，他说：

　　我们，意味着这个先进的阶级具有博大无私的胸怀，具有人类的进化观念和积极的社会意义。

　　我们，不仅会用拳头砸烂资本家的机器，甚至把他们的头颅当作饮酒的工具，而我们更有无限的力量，无畏的气魄和义无反顾的献身精神，去改造这个世界，去征服自然，去消灭剥削，去高呼"我们来干"的口号，改革不合理的一切。

　　我们，不羡慕不嫉妒出进乘坐"皇冠""红旗"的首长，也不要求"四个眼睛"（原谅我们的风趣、诙谐）的科学权威去扫厕所，去看门房，更瞧不起那些黄土地上的精灵。因为，我们，他们，你们——大家本是一个不容分割的概念。我们大家都在各自的工作岗位上创造，努力，进取……

　　我们，以爱的名义，告诫那些用人民给予的权利，去损公肥私的当权者，请看看你们脊背上吧——人民信赖的目光，党的信任，祖国的千疮百孔……

　　我们，最崇拜自己，最信任自己，因为我们创造了世界，我们改变着世界，我们发展着历史，我们抒写着生与死，壮与悲，苦与乐，今天和明天，现在和未来……

……

历史发展到 80 年代的今天，我们工人阶级更具有了新的特点，新的追求，新的奋斗。朋友们，让我们对着整个世界自豪吧！

江河会铭记着我们的丰功伟绩，

世界会因为有了我们而欢笑，

人类会因我们的存在变得更加幸福，

诗人会为我们写出壮与悲的颂歌，

历史会记载着我们奋斗，追求，攀登的足迹，

啊，我们！

我要说

　　我——不知道大家想表达什么。但是，我要说，我们的时代是改革、开拓、奋进的时代；我们的生活是幸福、科学、全新的生活；我们的青年是有理想、有道德、有文化、有纪律的一代风流。

　　呵，我赞美、歌唱"猫儿洞"里的生日烛光，因为她象征着一代军威，一种力量，一股蓬勃向上的精神；我敬慕马胜利、步鑫生，因为他们体现着改革年代一代风流人物的精神风貌。但是，我更敬仰，更要赞美那些在艰苦的条件下，默默无闻地战斗在生产第一线的汾酒工人。因为，他们的心，紧贴着杏花大地；他们的汗，浇灌哺育着酒都人民；他们的劳动结晶，吸引着历代文人墨客，震撼着五湖四海。所以，我要像赞美"猫儿洞"的生日烛光，像赞美马胜利、步鑫生一样，大声地赞美我们的汾酒工人。

　　青年朋友们，大家都是奇迹的创造者，改革的开拓者，成功的获得者。因此，我相信，通过你们的声音，可以看到80年代酒都青年的精神面貌和工作热情，可以展望出腾飞酒都的未来。

成熟的幼稚

《杏花雨》栏目由我主笔以"河清"的笔名已出了七期，文章大多狂荡不羁，异想天开。有人问：河清者，何许人也？谢谢，一个浑身充满乳气的幼稚青年。有人问：其文如何？平平淡淡，只不过想在死水中投一块石子，让人们永远不安分。在此，河清真诚地希望青年朋友们能喜欢这个栏目。

人凡年长些，或稍有一官半职的人，总喜欢在青年们面前大谈特谈所谓"经验""人生哲学""成熟的范畴"等等，并且说得神乎其神，让那些不谙世事的青年感到惊愕、恐慌，进而一代又一代地延续着国民的劣根性，于是乎，灰色代替了明朗，渺茫掩盖着追求——一代青年从青春走向衰老，从开放变为保守。如此这般，原先的青年又教导现在的青年要"好静勿动"，应懂、应知、应会，一个人的社会根系，取得地位、名誉的社会结构。或问：如果社会就是这么前进的话，还能进步、发展、创造奇迹吗？人生还有意义吗？有经验者便嗤之以鼻，笑曰幼稚，诸如此类。

青年朋友们，如果我们都不愿意用自己的大脑去思考人生，用自己的探索去书写自我历史，一味跟着经验者们去为"成熟"而奋斗；如果我们轻率地丢掉青年特有的锐气和创造力，等着靠着某种从天而降的"点金术"去指点我们走向"成熟"，朋友，你不感到那是一种慢性自杀吗？

漫长的历史在昭示着我们，任何时代的伟大人物，他们的本性或共同点，都是不安分。孙中山先生不满封建帝制，提出"三民主义"的口号，渴望领导中国民众，实现共和；毛泽东同志分析了中国的社会历史和现状，唤醒民众推翻半殖民地半封建的旧中国，建立中华人民共和国等等，难道说他们的思想保守，步子"轻稳"能行吗？

成熟，固然是最佳境界，但曲意理解它，便会和"市侩""狡猾""平庸"联系在一起，我们应追求成熟的内涵，使我们成熟得幼稚，幼稚得成熟。

超越物质走向精神

　　窗外的杨树叶，正悠然地飘下，一片一片，讲述着夏天的故事，大约是"凋零时节"了，我有些伤感的情绪，一阵阵掠过湿润的心田。秋天姗姗而来，伴着淅沥的纤雨，抑郁的情感，沉沉的深思……

　　不过，我始终认为，夏天，是位才华横溢，感情奔放的浪漫主义诗人；秋天，是个端重秀美，胸有成竹的哲学家。他不仅告诉人们康德、毕达哥拉斯、费尔巴哈，也向人们讲述着人生、生活。

　　我——复述着世界上的骚动，情绪，结论。

　　有位朋友，念大学时被同学们誉为"中国的普希金"。四年间，先后在省内外发表诗作百余首。但走上工作岗位后，却沉湎于物质的追求当中。月薪不足，可以另辟蹊径嘛！于是，他制造了一些令人作呕、肉麻的作品，以博得少数人的欢悦。甚至，入股经商，抽头得利，终于，他在"同龄人"中先"富"起来了，但是，他的诗呢？他的理想呢？

　　艺术是最忌讳庸俗的，有位年轻的美术爱好者，从小便崇拜艺术，崇拜高更、马蒂斯。据说，他习作素描时，为了获得一个调子，他把橡皮上的炭灰，一次又一次地擦到母亲给他新买的白衬衣上，以至妹妹说母亲偏爱哥哥，一天就给哥哥买了两件衬衣。后来，他终于考上了美术学院。毕业时，学校再三挽留他留校执教，但他说，我只有在生活中才能找到真正的艺术。在他所谓的生活里，他终于被社会上的权力观念征服了，他的同学画友们，有的参加了全国画展，有的成为青年画家，作品被外商收集。而他，却荒废了艺术，把一个艺术家的追求，深深地埋在了"权力欲"的悔恨之中。

时过境迁，星移月转，光华如水。青年朋友们，当你希望自己的家庭现代化，时髦化，而这种愿望终于达到时；当你渴望做官，而不遗余力地争取到时，请超越物质，走向精神吧。精神世界才是最自由，最丰富的空间。

杏花聊斋

应《汾酒青年》常务主编秉进同志之约，让我为第十期的《杏花雨》栏目再写点东西。老生常谈的文字，必定是要进历史博物馆的。况乎，前年、去年，我就以"河清"的笔名诌了许多。

时下，从各地各级青年报刊中了解到：崇尚（或崇拜）感觉，已经成了一代青年人的时髦追求，有人甚至公开提出"感觉万岁"的口号，细细想来，也有诸般道理。于是，我也想写点感觉的人、事、思想，不知这些感觉与青年朋友们的感觉，是否会不期然地产生共鸣呢？

因为是感觉，所以，定然不会像一篇叙事小说那样有头有尾，也没有一篇哲学论文的博大精深，大约我感觉到它们就应该是沙滩上的一些贝壳吧。又因为这些感觉诞生于名酒圣地杏花村，不妨称之为"杏花聊斋"吧。

某年某月某日晚。月亮有，但不圆；星星有，也不稠，也不怎么稀；风感觉不到刺耳刺脸；电，自从爱迪生发明后，也就那么回事；人们，对不认识的好像比对认识的还感兴趣……

几个同窗感到闷乏，不期而遇，又异口同声地感叹：今年，好像今年也没感到累呀！

房子面积不大，可也将就，无所谓；烟，要抽好的，云烟、贵烟、阿诗玛……不行，来555、丝尔顿、良友；酒，喝好的，小盅不行，用高脚杯喝，还寂寞，猜拳行令，不行，只好学古人投壶；谈，或者说或者云或者曰什么？不知道。

我诚惶诚恐地提示：哥们（不喜欢也不习惯称密斯特）那咱们就扯"淡"吧?!

"淡"？几条汉子"呼"地把我围了个水泄不通。

"鬼才相信呢！对钱、权、名利，谁看得淡呢?"老 K 恶狠狠地，用一双愤怒的目光盯着窗外斜倾进来的月光。

老 K 从中学毕业后，就承包了一个"小香港"商店，当然他就是 K 经理喽。不过，K 经理曾从腰包中掏出一万元，给附近小学铺了一条不长的水泥路。他说：孩子们不应该认识"穷"字了。可是，小学的路依旧还泥泞。

"淡又怎么样，浓又怎么样。活着怎么样，死去又如何。穷怎么样，富又有什么意思，哈哈。"老 Q 自斟自饮了一杯酒，踱到窗前，望着远处的寒山和窗外丁香花的暗影。

老 Q 淡得太过分了。哥们都这么认为。老 Q 毕业于某大学中文系，孑然一身来到一个穷困县当了一名中学教师。早先念大学，便著有《论教育的本质》《中学教学法政策的几个问题》等等，可现在呢，评职称还是三级，论资排辈，分房子还得靠边站，受得教育多风格也越应当高嘛，找对象女方嫌穷教员，赌气找个万元户，却落得舆论一堆。那就重业务吧，搞教改，同行们看不惯，中文系高才生改教体育吧。

够了，对什么浓，对什么淡，各有所感，也各有所见。

我怕再揭起几位哥们的伤疤，便惶惶然地把话题支开：说点别的吧，比方说以后的前途，希望、事业……

我以为他们会对这些也淡起来，不料，哥儿们却陷入了深深的思考，谁也不发一言，只是闷闷地抽烟，酒是不想再喝了。明天或许有桩好买卖，体育课也还得教会学生大脑的运动。

青年工作意识流

　　疲倦了绝不去躺下，到碧绿的草坪上，柔软温馨的沙滩打个滚，然后燃一支高价香烟，吐出好看的烟云，再去想那些没见过的世界。

　　时间对于他们很重要，因为他们觉得蚂蚁搬家、比萨斜塔数年不倒，带胡须与不长胡须的蒙娜丽莎，辩证法与变戏法……他们怎么才刚刚听说，世间的一切还是一部读不完的童话。他们想拽住太阳的光辉，然而不可能，他们于是都想大声地哭——望着明镜中的几缕白发。但有时候，他们又讨厌手腕上的手表，为什么不像火车轮一样飞转，于是他们就去荒山野岭去喝烈性白酒，想把心中的事烧成灰，烧到麻木，甚至想善意地毁掉可爱的世界。然而，竟也不遂人愿。他们在山谷放声大笑：白云是穿裤子的妓女，山风是骗人的歌星，小草被小溪欺骗了。

　　骤然间，我想，这就该是青年的速写了吧。

我与《汾酒青年》

得知《汾酒青年》即将停刊，作为该刊的主要撰稿人和编辑，心中自然十分难过，因为它奉献给我的，要比我所为它做得的多的多。

送别是令人心碎的，然而，回忆却能让人心旷神怡。

那是一个永远值得回忆的日子，1985年5月《汾酒青年》像一位腼腆的少女，羞答答地出现在杏花村。当时，该刊主编张大成同志找到我说：你是咱厂的年轻知识分子，又是中文系毕业，《汾酒青年》需要你，咱们业余时间就在这块土地上耕耘吧。他还说：年轻就意味着富有，青年人应该珍惜青春时期的激情和拼搏精神，《汾酒青年》可以说就是我们开垦的第一块试验田。

一番发自肺腑的心里话，打动了我，使我懂得了青年的意义和使命，于是，我们狠狠地高谈阔论了一个晚上。

编书并不比写书容易。作者送来一篇稿件，先通篇看一遍作者要说的中心思想是什么，然后再仔细琢磨其中的结构及用词，最后修改完，还得重抄一遍，方可使用。有时候，一个稿件毛坯很好，或有新的见解，或有一番说不出好在哪里的意境，但是，谋篇布局和语言差些，怎么办？弃之可惜，采用还需动大手术，又不能与原意改得面目全非，只得在灯下逐句逐段地修改，常常是修改稿件很晚了，几个编辑坐在一起发点牢骚，抽几包烟，然后海阔天空地谈谈人生的哲理和青年人的出路，才各自回宿舍去梦想一个明天的太阳。

日子久了，便也乐在其中。说实在的，近四年来，《汾酒青年》的编采条件一直都很艰苦，没有固定的编辑部，编辑几乎全是业余写、业余编，没有任何报酬，采纳稿件一律不发稿酬，有时为了抓紧时间进行一校二校，编辑只得守在印刷厂等候校样。三十七期《汾酒青年》就这样一期一期地送到了全厂青年的手中，发到了兄弟单位。是什么力量支持着我们全体编辑的工作热情呢？我认为：首先是本厂青年热爱《汾酒青年》。我们青年工作者有责任和义务，同青年朋友们一同欢乐，一起沉思，一道为青年的利益鼓与呼。其次，厂党政领导积极支持我们的工作，各部门密切配合，给了我们无私的帮助。厂长常贵明、党委书记吴寿先亲自为我们撰稿，尤为令人欣慰。第三，社会各界人士的支持，对提高《汾酒青年》的知名度起了很大的作用。老诗人冈夫、马作楫、著名作家黄宗英、华而实、省政协秘书长杨宗等均为本刊题了词。《现代企业报》和山西电视台也分别给予介绍和报道。

　　四年来，《汾酒青年》对于提高我厂青年工人的文化素质，特别是思想修养和写作能力，起了很好的作用。可以说，有一批青年对人生、思想和追求的认识有了新的飞跃。我坚信，这些青年人不久将会对汾酒事业的发展做出可喜的成绩。

　　俗语云：没有不散的宴席。《汾酒青年》已完成了它的历史使命，然而，我认为，《汾酒青年》同仁艰苦创业的精神，兢兢业业，任劳任怨的工作作风和勇敢的探索意识，是永远令人怀念的。

救救他们吧

——寄语于高考青年朋友

前不久，我看望了去年高考落选了的我高中时的同学们。他们的学习劲头仍然很足，但从我跟他们的交谈中发现这么个问题：有些同学甚至可言之大多数都不明确学习的目的。比如有的同学说：考上个学校，哪怕中专也可以，就能出了这个农业社。有的说：管他怎的，反正有了个铁饭碗，饿不着肚皮了。我们想一想，难道考大学就是我们学习的最终目的吗？

诚然，考大学也可算作是我们学生的"最低纲领"吧，但"最高纲领"是什么，我们每个应考的青年人是否考虑过？我们有些人包括我自己在内总是埋怨自己祖国的落后，工农业不发达，特别是我们山西，大部分地区粗粮很多，细粮极少，我们对此也大为反感，但有什么法子呢？自己的祖国要靠自己建设，靠谁来建设呢？靠我们青年一代，如果我们都是为考大学而学习，为出农业社而拼命。那么，我们的国家不就会灭亡吗？也许有人会反驳说：哼，这么大的泱泱大国，还缺我们一两个人吗？不要吹那份大话了，但我可以告诉你：朋友，你想错了，你的哲学算白学了，因为你连起码的量变引起质变的原理都不懂。朋友，清醒一下吧：上甘岭的英雄们，张志新……不也是少数的几个人吗，张志新为了坚持真理光荣地献出了生命，她不也只是一个人吗？要树立远大的理想（根据个人的实际情况）要为中华民族而学习。同时，我也要向多个中学的领导大喝一声：救救他们吧！

遗漏了的爱
—— 献给青年朋友们

　　我考上大学已两年了，爸爸却只给我写过两封信。其中一封还是写下后隔了几天才发的。每当我看到别人的父亲写给儿子的信时，心里就有股说不出的滋味，是酸呢？还是甜呢？不，都不是，是一种愉快的痛苦。因为从他的两封信中可以看出爸爸所在厂前进的步伐，但一想到爸爸就感觉到……

　　那是第一学期寒假将要结束的一个晚上，爸爸回来已七点多了。我们一家子吃过了晚饭，妈妈一边收拾碗筷，一边对爸爸说："去跟孩子看场电影吧，今天是厂里包的。"爸爸喜欢娱乐是全厂闻名的，听奶奶说他像我这年纪时就爱吹吹笛子，拉拉二胡，一边拉一边还哼着，可真有点"行家"的味。但自从到了业务上，他的性格也就"业务化"了，每天从厂里回来都是九点多钟，躺下还看看《印刷基础知识》《工人日报》等等。今天，妈妈要他和我去看电影，他一定会答应的，因为是集体包场的。但我的想法即刻就被他的表情否定了，爸爸忧郁的脸上掠过了一丝淡淡的苦笑："不行啊，我还要到厂里割纸去，上个礼拜割纸的人毛毛糙糙，浪费了很多，领导决定扣除他们这个月的奖金。今晚轮到我了，得做个榜样。不然，工人们怎么服呢？要知道每张纸都是厂里的钱啊。"说完转过了身子朝我看了一眼，算是抱歉，然后便迈出了门槛，消失在清冷的寒夜中。我只得一个人去看电影了，虽说是演得青年人喜欢看的片子，但我却总感到像坐在棒槌上似的，摇来晃去。我似乎看到了爸爸在印刷厂大院里顶着朔风，弓着身子割纸的形象，仿佛听到了"嚓嚓嚓"的刀和纸的摩擦声。在那万籁俱寂的夜中，爸爸把深沉的爱倾注在那一张张的纸上。啊，父亲，你的爱是多么纯洁无瑕，像悬崖的瀑布，又像是潺潺的流水。那天晚上十一点多了，我隐隐约约听见他对妈妈说："冻得腿都发麻了，可是，明天就有包装纸了。"

但爸爸毕竟是爸爸，他有着许多父亲都应有的疼子之心。有一次我回家后，发现院子里的木块少了许多，妈妈告诉我是爸爸让二叔拿去了，说二叔要结婚了，想做两个沙发，缺几块木板，所以他先拿去用了。我一听，气得脸都发紫了，那些木板是我准备制大书架的呀。中午为这事我就跟爸爸顶撞起来，那阵势可真可怕，把小弟弟都吓哭了，妈妈也躲在一边不忍看。我像开机关枪似的在爸爸面前申诉我的"道理"，爸爸气得脖子上的筋都像一根根蚯蚓似的，面色也跟红脸醉汉相差无几，他一再解释说不久就给我搞下木板了，但我不听，他顺手拿起了鸡毛掸子就要揍我，我"哇"地哭了，长了这么大，还没有受过这份气，于是只管蹲在地上哭。爸爸毕竟是念过书的人，而且在父子之间爱往往和恨有相同的意义。他见我落泪了，并没有因此而罢休，但手里的鸡毛掸子不觉地松落到地上；爸爸虽然坐在沙发上只管说："我是为你好呀，为你好。"脸上的赤红色也慢慢地消退了，留下了的只是消瘦的面颊，高高的眉峰；脖子上的青筋也隐去了，留下的只是一条条象征着衰老的皱纹。后来我就回屋躺下了，只知道那天中午爸爸吃了半碗饭就上班去了。晚上，他仍旧是九点多才回来，手里也依旧是拿着张《工人日报》，但今天却多了一本书《文艺理论》（因为我是学中文的)。一进屋，见我还是躺在床上，忙跑过来摸摸我的额头，我只觉得他的手并不像先前那么细嫩了，而像松树皮似的，我知道这是被纸割的。然后他自言自语道："年轻人，中暑了。"于是又跑到他的房里。我望着爸爸走出去的背影，一股难言的苦衷涌上心头：做个父亲是多么不容易呀，一方面要照顾好妻子，另一方面又要满足孩子们的需要。在婆媳发生矛盾的时候，父亲那处境就更惨了。不一会，他挟着一圈被子，拿着一包扑热息痛进来了。那一夜，他就陪着我，记得刚躺下，他又摸了摸我的额头，长长出了口气，对我说："孩子，都这么大了，将来你也要有个家，应该学会处理些事了，当好一个爸爸难呐"。那时的我感到我身边睡着的并不是中午跟我吵过架的爸爸，而是具有一种人类最崇高的爱的爸爸。啊，父亲你的爱是那么深沉、隽永，像蔚蓝的大海，又像是微波漾荡的小湖。第二天一早，天才蒙蒙亮，爸爸就蹑手蹑脚地起床了。我知道他是去做早饭了，为的是多让妈妈睡会儿。他总是说："孩子们，妈妈一天累上八个小时，回来还要做零碎活，让她多睡会儿吧。"在这个家庭中爸爸又把那自然的爱融入了我们这小小的集体。

朋友，你了解你的父亲吗？我感到爸爸虽然只给我写两封信，但却给了我无限的爱。你在珍惜母爱的时候，想到了那被遗忘的父爱了吗？

写在同学相识三十年

　　母亲给了我来到人间的生命，让我走进这芸芸众生的世界；妻子的相伴，使我不再一个人承受烦恼和苦闷；三十年的同学情，浓浓的，令我在这喧嚣躁动的时代里，永远感到温馨和安宁。

　　十年聚会，踌躇满志，试与英才比高低；二十年后的相聚，不再高谈普希金、莎士比亚……痛饮着苦涩的酒，让彷徨忧郁的思绪与《思想者》一起对话；偶有介休绵山的风铃、贾家庄生态园农家小吃的清香、孝义射击场的脆响和石玉大草甸子的清爽，时时掠过思想的空间……三十年了，又要相聚了，快快地让我们再一次远离纷乱的城市、变异的思想，找一块属于我们的净土，分享我们一生一世都不会丢弃、都不会忘记的同学情谊吧。

　　三十年啊，仿佛几个世纪的漫长，一路歌哭、一路歌笑。幼稚、沉思、呐喊、抗争，还有悠长的叹息；三十年啊，太快太短，仿佛昨天，图书馆里的《星星画展》、晋祠难老泉的欢歌笑语、八一电影院的《黄土地》，还有三路电车永远的拥挤。

　　千万次的叮咛啊，亲爱的同学，请记住我们的母校、老师、祖国和人民。永远不能忘记啊，母亲的爱、妻子的疼、孩子的乐、同学的情。

"群众厨房"好

几日前，在西安市光华路，不足两百米内，就开办有两家"群众厨房"。光华路紧邻全国屈指可数的西安高新技术开发区，周边有五星级香格里拉大酒店、有专销顶级奢侈品的"世纪金花"和南京"金鹰国际"，而且在光华路上还坐落着著名的西安电子科技大学。

作为长期从事宣传工作的我，第一眼映入我眼帘的"群众厨房"四个招牌字，的确如一缕春风和一滴春雨，沁人心脾，可谓耳目一新。时下，吃猴头、饮蛇血、涮牛鞭、炸蝎子、煮乌鱼在各大城市日趋盛行，舌尖上的国人可谓极尽吃之能事，动辄一瓶酒几千元、一桌饭几万元，各个等级的"吃货"吃出了一个令世人瞩目的餐饮 GDP，吃得使生活在底层的那些老百姓瞠目结舌。挺有讽刺意味的是几年前，媒体披露的一桌二十万的黄金大宴也是发生在这座城市。

我无意指责有着悠久历史的我国各大菜系的经典之作，也不是吃不到葡萄说葡萄酸，更不认为"群众厨房"这个招牌在作秀。当我走进这两个小店时，知道它只是由些平头百姓为了各自的生计而开办，他（她）们在店里默默无闻、踏踏实实地精心制作着老百姓喜爱的各种菜肴，年复一年、日复一日。

我不想把"群众意识""群众观念""群众路线"这些美丽的光环罩在"群众厨房"的头上，但至少可以使它懂得"民以食为天"的"民"指的是老百姓。

"群众厨房"就是老百姓的厨房，老百姓才是我们的衣食父母，老百姓才是天。因此，我说"群众厨房"好，此举可大力倡导。

人性的美

人性者，人之本性也。此乃指人们的自然属性和社会属性的统一。

"人性"这两个普通的字眼，顾名思义，"人"指能制造和使用工具，有高度的形象思维和逻辑思维能力的高等动物；"性"指本性，属性。人性那就是指正常人所具备的本性（正常的感情和理性）高尔基说：文学就是人学。那么我们就有必要研究人的本性，对人性美的探究，乃是塑造人物、刻画性格的重要条件。

在阶级社会里，所谓人的自然属性，即人的本能，诸如生长，恋爱，性生活……所谓人的社会属性，它包括两方面的内容：第一，阶级性；第二，非阶级性。如果我们只强调人性是人的自然本性，和社会无关，那是片面的，那么，人和动物就无法区分了。如果强调人性是人类的共同的社会属性，那就太主观了，只能是唯心主义的理论了。因此，我们只能说人性是人的自然属性和社会属性的统一，无产阶级的文学所表现的人性，应该是无产阶级和人民大众的人性与无产阶级、共产党人的党性的高度统一。

人性是不是固定不变的呢？

辩证唯物主义告诉我们：事物都是一刻不停地运动着，变化着，那么，人性也应该是变化的，马克思说过：整个历史也无非是人类本性的不断改变而已。

人从类人猿进化成人，是一个漫长的过程，是从低级向高级发展变化的过程，也可以说是人性的发挥和发展的过程。就人的机能和构造来讲，手的形成，脑量的增加等等，说明人是在变化的。有人说，恋爱是不变的，诚然，两性之间的相爱，乃是自古迄今存在着，就恋爱本身讲是不变的，可是恋爱的方式却是迥然不同的。我们闭目遐思，李双双、张喜旺的先结婚后恋爱，和小二黑、小琴的恋爱能一样吗？总之，从人的形体到思想都在变化着，人性也在不断地解放、发展着。人性是共同的，是每个正常的人都有的。在无阶级的社会里，共同人性是肯定无疑的，在阶级社会里，我们也不能把人性与阶级性完全等同起来，应该把它们统一起来看。

毛泽东同志在《在延安文艺座谈会上的讲话》中指出：我们主张无产阶级的人性，人民大众的人性。还说：有没有人性这种东西？当然有的。但是只有具体的人性，没有抽象的人性。在阶级社会里就是只有带着阶级性的人性，而没有什么超阶级的人性。毛主席讲道："在阶级社会里只有带着阶级性的人性"并非把阶级性与人性画等号，而只是"带着"而已。我们想一想，1942 年的"人民大众"指些什么人呢？它包括凡是积极抗日救国的一切进步人士。这个范围就很大了，不只是指无产阶级，事实上也是如此的，那时，不少开明绅士不也在积极抗日吗？这是为什么呢，是因为他们也是中国人，有一颗爱国的心。这样，我们可知：人民大众的人性，就不等于那个阶级的人性。鲁迅先生在《三闲集》《文学的阶级性》中说：在我自己，是以为若据性格、感情等，都受"支配于经济"之说，则这些就一定都带阶级性，但是"都带"而非"只有"。我看与毛泽东同志的记述有异曲同工之效吧。

在阶级社会中，每个人的身上无不打上阶级的烙印，这是肯定无疑的，但我们也不能因此而得出阶级性等于人性，只是"都带"而非"只有"。试想一想，在我党的历史上两次国共合作，建立统一战线的基础是什么？抗日统一战线的建立，没有民族关系的因素吗？在战争中，我军向敌人传话，宣扬和平，民族团结等等，使他们调转枪口，深入感动，这是为什么呢？从文学艺术来讲，古代的作品，我们今天的人读后，仍能受到启发，引起共鸣，说明还是有共同的东西，存在从美学角度来讲，有一种共同美，对风景、对动植物等，不同的阶级的人都欣赏它们，对形体美是形式美往往也有共同的看法，无论哪个阶级的人，谁不希望自己的爱人是德才兼备呢？这是事实，无论是共鸣的存在与共同美的存在都与人性有关。

　　"文革"时期，文艺作品中的人物基本上是没有感情与理性的机器人，不是吗？八个样板戏里的主人公，都是"高大""完美"的英雄人物。李玉和的妻子也不知去哪了，江水英也不知有没有丈夫，阿庆嫂有丈夫也被敌人枪毙了……这是在歌颂英雄人物吗？否，这是在贬低他们的威信，痛定思痛，"文革"给我党的文艺事业也带来了巨大的损失，现在，阴霾驱散了，让我们呐喊吧——探索人性的美。

和谐的美

　　笔者在平时观察生活中纷繁复杂的现象时，觉得和谐是一种美。

　　在自然界中，皓月当空，而月亮的周围总是比较明亮的，整个气氛是清冷的绿调子；烈日当头，天空与太阳浑然一体，成乳白色，而且发橙，是一种暖调子，给人以热烈的感觉。试想如果把灼热的太阳放在清冷的绿调子中，是否不协调呢？

　　在我们的生活中，皮肤白皙的人，夏季穿个白衬衣或米黄上衣，一条浅灰的裤子，一双淡绿的拖鞋就给人以舒服大方的感觉，皮肤糙而黑的人就不合适了，而穿件咖啡色上衣，一条蓝的确良裤子为佳。一般来说，穿上一身一色的衣服为适中，不是吗？大型音乐会上，独唱和合唱的演员总是一身蓝衣服。军政歌舞团的总是一身绿，海政歌舞团的总是一身白……这样不管你是来自城市的还是来自农村的均无法辨认，这是何故呢？和谐的美。

　　在艺术领域里也是如此，美术家一般不把纯颜色拿到画中，总要考虑光源色、环境色、固有色这么三种，而且还要考虑远近、虚实的关系，那么，他的颜色就不可能是纯的。音乐中也要讲究节奏的美，要有暖和的调子。

　　在文学创作中，不也是同样的道理吗？俗话说：远山无树，远人无目。每一篇成功的作品总不是简单地把人分成正面典型和反面典型的。事实上，实际生活中的人就是复杂的、变化的，而中间人物是占大多的。中间人物中也有积极的，消极的。正面，反面人物中，也不是一般齐的。

同样是刻苦学习的同学，有的是苦干加巧干，有的是实干而无巧干，等等。因此，我们在文艺作品反映客观生活时，就不能简单地定下一个框框，不能把任何新的提法，都视为阶级斗争新动向，是阶级斗争的反映，有些确实是属于人情世故的，不能归之为阶级斗争，比如恋爱，思亲等等就可以是超阶级的，要真正写出人物的性格，把握人物心灵深处的下意识的东西，否则，很可能是公式化、概念化的败笔之作。

听李瑛先生谈诗

2014 年 12 月 13 日，北京举办全国文化产业博览会期间，得知著名诗人李小雨老师身体不适，我和著名诗人周所同、吕世豪两位先生前去探望。

小雨老师和父亲李瑛住在北京鼓城外大街解放军总政治部宿舍，属军事管理区，由于我们都没带身份证，还不能随便进入，小雨老师只能拖着病体到大门口把我们接进去。

小区花木葱茏，曲径通幽。民国时期的燕京大学旧址也坐落在此，环境十分优雅。

在安德里北街 21 号院 64 号楼里，我们见到了我国著名诗人李瑛先生。

落座寒暄后，小雨老师给我们剥橘子沏茶。那天，因走得急，我的相机忘到宾馆了。因小雨老师和我们已是老熟人了，我就请小雨老师用我的手机为我们和李瑛先生照相合影。当时，李瑛先生一定要站起来和我们照相，我说：您这么大年纪了，您坐着，我们站着。

我与世豪先生是第二次与李瑛先生谋面，也算有过一面之交。李瑛先生是我国目前顶级的大腕诗人，应该说从那个年代走过来还健在的大诗人就数李瑛和贺敬之两位了。李瑛先生给我的印象是精神矍铄、和蔼可亲、平易近人。

那天，太阳很好，暖暖的阳光照在明亮的客厅里。小雨老师给我剥了橘子，加了茶水。我一边聆听着几位诗人亲切的交谈，一边在一排大书柜前欣赏李瑛先生的藏书、藏品。

得空我凑到李瑛先生跟前说：李老今年八十几了？李瑛先生笑着答：九十岁了。我说我的老师，也是山西省著名诗人马作楫先生今年也是九十二岁了。你们心态都非常好。我告诉他说，我和世豪先生今年还去马作楫老师家看望了我们的老师，九十二岁的马作楫先生还在坚持写作。李瑛先生思索了一下说：哦，马作楫我知道。

小雨老师看到我们几个聊得很开心，说：今天你们和他多说会儿话吧，他今天很想说话，我出去一下。我估计小雨老师是下楼买菜去了。

所同、世豪两位先生谈到了李瑛先生早期的作品，还有《一月的哀思》。在他们的交谈中，我发现，李瑛先生尽管九十岁高寿了，但耳聪目明，思维非常敏捷，也很健谈。

李瑛先生说：现在，诗歌还有没有用，是个大问题。我看，现在诗歌还是有用的。延安时期，就产生了一批很好的诗歌，当时作用就很大，鼓舞了一个时代。二战时期，德国人入侵俄罗斯，在那个战火纷飞的年代，人们说俄罗斯完了，什么也没有了，但俄罗斯人说：不，我们还有诗歌。到现在，美国总统宣誓就职时还必须要朗诵诗歌。可见诗歌还是有用的，而且用处很大。

李瑛先生是从战争年代走过来的，创作了大量的诗歌作品，迄今大概有五十多部吧。其中《一月的哀思》曾影响了一个时期、一代人。离休前任解放军总政治部文化部部长。他说九十岁了，最近正在整理出版全集。

在谈到当今诗坛一些现象时，李瑛先生说：时下，一些诗人写的诗，不知所云，好像呓语，漂浮得很。英国的十四行诗也是有规矩的，不是想写什么就写什么，想怎么写就怎么写。他说，有个学生读博士，研究他的诗，写了个毕业论文，结果导师是从国外留学回来的，看了学生的研究论文，通不过。李瑛先生告诉这个博士研究生说：你不要写我的研究论文了，你的导师学的是外国的一套，换个课题吧。这时，我插话说：李老，这就跟陈丹青先生从美国回来到北京一所大学带研究生一样，学校规定，美术研究生也必须外语及格。陈丹青先生和校方说：我带的是画画的研究生，画是主要的，只要画得好就行，外语好不好无所谓。但学校就是这样规定的。无奈，陈丹青先生只能离开学校，不给他们带研究生了。这两个例子情况是一样的，真叫人哭笑不得。

李瑛先生对周所同老师说：你的诗写得好，很干净，我看过不少。现在的年轻人写的诗，诗没写多少，也不知他在表达什么，就标榜什么派，什么主义。朦胧诗也不是这样的。李瑛先生说：习近平总书记最近在全国文艺工作座谈会上的讲话讲得好。要为人民而写作，为人民而抒情，写出来的东西要让人看得懂。他说他最近就是回忆过去年代的一些事写些诗歌，那些都是来自生活的。他鼓励所同老师要保持现在的这种创作风格，坚持写下去。从生活中来，为人民而写诗。

因中午约了《诗刊》社的蓝野先生，我们依依不舍地离开李瑛先生。握别后，李瑛先生一定要把我们送到电梯口。

诗歌不是一场风花雪月的事

从中国几千年的古典诗歌到有八十多年历史的现代新诗，我们不难看出，在全部的中国诗歌史上，诗人的社会担当和历史责任感。"国家不幸诗家幸，赋到沧桑句便工"。气不可御的李白，沉郁顿挫的杜甫，"像一匹困在笼子里的兽类"的雷抒雁，写出《周总理，你在哪里?》的柯岩等等，他们的诗总是以家国为本位的，或者说中国诗歌精神从来以崇尚家国为上。

伟大的时代产生伟大的诗篇。放眼古今中外伟大的诗歌作品，既有历史的传承性，更有时代的创新性。当前，我国进入了一个欣欣向荣的发展时期，政治、经济、文化相互依托协调发展。我们有幸处在这个历史上自由开放、东西文化自由碰撞激荡的开明时期，如何更好地抓住机遇，汲取传统与外来营养，深入时代生活，展开艺术想象力，焕发艺术创造力，创作出更多的无愧于历史和时代的优秀诗歌，是摆在广大诗歌爱好者面前的一项光荣任务。诗人雪莱曾经说，在一个伟大民族觉醒起来为实现思想或制度的有益改革的斗争中，诗人就是一个最可靠的先驱、伙伴和追随者。我们就是要学习把握先进文化的科学发展观，以更开阔的胸襟、更自由的精神，为新的时代呈现更多丰饶、立体、有骨气、有正气、昂扬大气的优秀诗篇，做时代的先驱、伙伴和追随者。

但是，我们不得不承认，很长一段时间以来，曾经和老百姓如此亲近的诗歌却让他们感到了陌生，滋养诗歌的这块土地也越来越不认识诗歌了，诗歌渐渐失去了大众的认知和守护的热情。为什么呢? 我们是不是忽略了诗歌作为一种文学形式的社会责任和作为诗人的社会担当，面对现实生活的痛处、生存状态的无奈，我们是不是视而不见、充耳不闻、无比悠闲地陶醉在自娱自乐当中？这的确是值得诗人自身认真思考的问题。

那么，中国的诗歌到底怎么了？事实上，中国诗人的黄金时期，从唐代之后就逐渐衰落了。唐代以来，诗发展成为太过文人化的专业艺术，也就是说太小众化了；今日诗歌，从 20 世纪 80 年代末，繁复、晦涩和所谓先锋成了诗歌发展的瓶颈，有的诗人无病呻吟，写一些内容云遮雾罩、高深莫测，文字味同嚼蜡、不知所云的诗，让本已是小圈子主义的当代诗歌，旗号、流派越来越多，而每面旗帜下的人却越来越少。进而使我们的诗歌作者迷失了历史担当，偏离了时代，偏离了社会，偏离了人民大众。换言之，时下的一些诗歌让我们老百姓越看越傻。

社会需要诗人，人间需要好诗。在市场经济和泛娱乐化的背景下，有人戏言"我是郭德纲"，谁还要"床前明月光"。中国诗歌困惑了，中国诗歌的诗魂丢了。在一片茫然中，我们的诗人们还在坚持着、坚挺着。以至诗界言"现在还写诗的人，都是英雄"。古往今来，国人以学诗、作诗、咏诗为雅事，以成为诗人、诗入典籍为荣光。二战莫斯科保卫战的时候，德军把莫斯科围得水泄不通，每天都有几十辆卡车拉着因伤口感染死去的士兵和饿死的人去掩埋。但莫斯科人说：我们没了弹药，我们没有药品，但我们还有普希金。我们生活在这样一个伟大的时代，国家需要诗人成为民族的代言人，人民需要发出心声，时代需要铸造民族魂灵的诗篇。核心就是我们的诗人要有时代和民族的担当，要为实现诗歌的中国梦和中华民族的伟大复兴而担当。正如已故著名诗人雷抒雁所言："光靠我们去告诉读者'不读诗，何以言'大概是不够的。指责读者大约也不会奏效。把真正能称得上诗的作品，再拧一拧水分，晾一晾太阳。'货真价实'，会使人心先一动。"经历了困惑、迷乱和阵痛，一个诗歌飞翔的时代到来了。去年我们欣喜地看到"离太阳最近的诗会——第二届青海湖国际诗歌节"成功举办，世界首座诗歌纪念墙在海拔 3100 米的青海湖建成；英国桂冠诗人莫申四处奔走，呼吁增加学校诗歌教育拨款，并亲自参与了诗歌网站的建立；山西原平等市被授予"中国诗歌之乡"……

古人说，诗言志，诗言心，诗歌是一个诗人的内心独白。作为一个有责任心的诗人，在观照自己内心的同时，无疑还应该将目光聚焦于时代，肩负起自己应尽的社会责任。我们要跳出狭小的自我圈子，关心社会，关心民生，真正扑下身去感受社会痛痒。

已故著名诗人雷抒雁说，诗歌的形式可以多种多样，但好的诗歌，必须要有饱满而强大的精神内涵，才能传得久远，才能感动读者。我们创作的诗歌应该催人上进，引人思索，带给人们更多的美感，这是我们诗人的一种责任。重新找回对文化责任和社会责任的担当，这两种担当是诗人的基本职责。只有这样，诗人、诗歌才能真正获得自己应有的地位。

伟大的时代呼唤诗歌不断创新，实现中国梦需要诗人肩负起中华民族伟大复兴的责任。鲁迅先生说："只有真的声音，才能感动中国的人和世界的人。"因此，我们说，诗歌不是一场风花雪月的事，关乎民族，关乎人类。

《李峰文集》自序

我真正学写作是从念大学时开始的。1980 年，我从汾阳中学毕业，考入山西大学中文系。那一年，我十七岁，高考成绩名列全市文科应届生第一。事实上，那年，我拿到了两个准考证，一个是普通高等院校的准考证，另一个是参加艺术类（美术专业）招生的准考证。我选择了报考山西大学中文系，我的确也如愿以偿了。

我的天赋不是很好，悟性也不高，我对无师自通不太敏感。我大学的第一个写作老师是孙秀乾教授，现已作古。孙先生为我们讲的第一堂课就是：为文先为人。二十多年过去了，我一直在品味和实践着先生的这句话。毛泽东同志曾说：我们要做一个脱离低级趣味的人。我琢磨孙先生所言为文先为人，首先就是要有高尚的人格，优秀的文风。山西诗词学会会长、山西大学教授马作楫先生曾为我的诗集《青春的折光》作序时写道：不能想写什么就写什么，忘记了读者怎么样。我为能在我写作起步阶段有这样两位恩师指点而自豪，是他们的谆谆教诲，鼓舞和引导着我的写作实践。

文学创作是作家真实情感和生活体验的艺术表达。如何把握时代脉搏，准确生动地反映现实生活，是一个时代赋予作家的职责和使命。为什么要写，写些什么，怎样去写，是每个作家首先要解决的问题。我主张有感而发，负责任地去写。从古至今，许多流传百世、脍炙人口的文学作品，其强大的艺术生命力，就在于真实地反映生活，真实地反映作家的情感世界。当然，这种真实指的是艺术的真实。我觉得越是具有鲜明个性的作品，其艺术生命力就越强；越是民族的东西，就越具有世界性。作家的任务就是要充分反映典型环境中的人物、事件。

关于文学创作，仁者见仁，智者见智。我是把它当作一种崇高的事业和我生命中不可分割的一部分来对待的，我的写作态度是认真的，我做不来无病呻吟。我毕生追求的是一种朴实无华的风格，一种对人生的叙述和解读。即使是一篇散文、一首小诗。

春种秋收。只有辛勤的耕耘，才有收获的喜悦。几乎所有的作家，都是像珍爱自己的生命一样来从事文学创作。既然选择了，就必须为之鞠躬尽瘁。我的老师马作楫先生一生在为党、为人民、为新生活歌唱，我也将歌唱下去……

是为序。

《李峰文集》后记

今年是我四十周岁，在与亲朋好友举杯庆贺生日、纵谈人生苦乐之际，忽觉得有许多许多的话应该对更多的人说，要对我生活的这个时代说。于是，想到了编一本文集。

这本《文集》选录了我二十多年来创作的一些作品。体裁涉及论文、小说、散文、诗歌和随笔等。这本《文集》收集的作品体裁比较杂，都是我曾潜心研究过的。为了比较完整地反映我的创作活动，在选编的过程中，我适量选录了几篇念大学时写的作品，可以代表我文学创作初期的成果。1984年我大学毕业分配到山西杏花村汾酒厂党委宣传部工作，为我的创作增添了新的活力。可以说，酒都杏花村日日充溢着浓浓的诗情酒意。热气翻滚的酿酒车间、现代化的成装流水线、古朴醇厚的制曲场、庞大的酒库，还有无数的海内外文化名流，时时刻刻撞击着我的诗心，激发着我的创作欲。那些年，我被聘为《山西教育报》兼职记者，写了一批反映酒都杏花村飞速发展的新闻作品和诗歌，这次也选了几首诗歌。1987年，我调到汾酒厂团委工作，曾主编团刊《汾酒青年》，并长期担任《杏花雨》栏目的主要撰稿人，我从中摘录了几篇选编进来，也算是对我青年工作的一点回顾吧。从1989年到1994年，我主要在县级党委系统从事秘书工作，写了不少调研报告和通讯。《文集》中收入的《商界明珠》就是1993年我任县委书记秘书时，为全国商业先进典型汾阳县百货公司写的。这些年，我主要从事县（市）级电视台的管理工作，写了些诗歌、散文和制作电视节目方面的文章，这次也都收录其中。

回顾和总结是一种审视，是一种提升。我离不开文学，离不开写作。我会在文学创作的道路上一步一步走下去。

在我的《文集》即将付印之际，我要十分感谢出版社的同志们，十分感谢在《文集》整个编纂过程中付出辛勤劳动的汾阳电视台新闻部主任李蔷女士、播音员田峥峥女士和所有关心支持这本书出版的各级各部门领导和文学同仁。

《青春的折光》后记

小时候，我喜欢画画，从王捷山、靳冠山师，每习人像，前辈辄云，传神阿睹。后师彦平学西洋画，李老师常常教导：眼睛是人的第一表情。时至今日，绘画已成为我的业余爱好，非敢奢望做达·芬奇、凡·高、徐悲鸿的梦，然师长之教诲，学生至今未敢忘却。想来，对生活炽热的感情，便也就是诗的眼睛了罢。

为文先为人，读大学时，写作老师孙秀乾先生，每有闲暇，便与学生论及此题，初不解，后才顿悟。盖为人之道便是光明磊落，襟怀坦白，兢兢业业，造福人类。再后，每遇不悦之事，即想到此，也就一切坦然了。诗，不也需要感情的裸露吗！但，诗人需真诚，忌浮华。

小学时，迎春老师让学生每日习仿一页，且工整不图草；后同良老师让我在她的笔记本上，一遍一遍地练钢笔字；高中时代，武璞师长告诉了我做文章的道理：熟读唐诗三百首，不会作诗也会吟。习诗，难道一开始，就洋洋千行，朦朦胧胧吗？思想之深邃与形式之荒诞，诚然不可同日而语。

诗集收入 1983 年至 1987 年诗作五十首。实属稚拙之作，唯欲悉听老前辈、文友之赐教。

学诗五载，深得文友大成兄、希亮兄，琰光同窗及瑞祥老师、应杰老师之教诲。尤为感激之至，著名诗人、教授马作楫先生，不顾年迈体弱，指导学生习诗，并为该集作序。汾酒厂宣传部长李军为该集写了评论，在此，学生向他们表示深深的谢意。

青年画家、画友路新林为诗集设计封面封底及扉页，山西杏花村汾酒厂党委副书记安智海同志、山西省诗词学会、山西省诗人协会为诗集面世做出了很大努力。在此，也一并致谢。

快乐生活　快乐工作

在工作了几十年后，多少有点资格谈感悟、发感言，说经验的时候，想想这些年走过的路，经历过的事，处过的人，烟云缈缈，时光在指间一挥而过，是该发表点俗人俗语了。

我的选择我做主。人的一生都会遇到几次重要的选择。比如，选择上什么学校，学什么专业；选择干什么工作，到什么地方工作；选择找什么爱人，找什么类型的人相伴一生等等。今天，我要为我的选择喝彩。上高中时，我本是汾中98班学生，上了一段时间，学校要分文理班，说实话，我这个人的确对数字不敏感，就是对数理化那几根筋一根也不通，这个我承认确实学不了。在选择文理班的问题上我选择了学文科，于是我被分到汾中1980籍唯一的文班97班。因此，往往说起1980年的汾中，我既是98班的学生，也是97班文班的学生。至今，仍有几个那时98班的同学在交往，这是一次选择。高中两年结束了，要考大学了。当时，我拿到了两个准考证：一个是考艺术类美专的，一个是普通专业的，该考哪个呢？当时，我知道，山西大学美术专业在全省只招三十多名，而山西大学中文系招一百多人。你别说，在这个方面我还是识数的，一百比三十数目大，所以，我就报考了山西大学中文系，这是第二次选择。那年，我以汾阳县应届考生第一名的成绩考入山西大学中文系汉语言文学专业。那么，自己多年来一直喜欢的绘画艺术呢，只能作为一种爱好而已。在大学念中文期间，我常常到艺术系看美术专业学生画画，听一些画家的讲座，也会到市里参观一些画展。闲暇偶尔自己也画几张素描，也还像模像样。有一年，我的临摹素描作品还参加了山西大学"星星画展"，我在我的作品前照了像，也算有照为证。在大三选择选修课时，我选择了美学，也是和我的业余爱好有关。现在，在汾阳我依然同许多画家保持着非常要好的关系。每有画展，美协的朋友总要相邀而去，我也乐此不疲。

　　为爱而生，为爱坚守。爱，不仅是专指男女爱情。对我来说，一生的爱好是大爱，我无法移情别恋。我常常想，一个人如果没有一个高尚的爱好，那又怎样才能度过这一生。这些年，家里时兴摆各种红木家具，什么紫檀、大红酸枝、金丝楠等等。在选择床时，床头很有讲究，比如：床头要高大，要有霸气；床头雕刻要有山有水，要有靠山，要有水财。的确，这种红木文化我也很欣赏。每每看到这些，我就会想起我们结婚时的床，我的床是用爸爸从木材公司买的松木板做的，整个床方方正正，尺寸与现在的也相当，床制好后，用腻子腻过，再用纱纸擦几遍，然后用油漆油成淡绿色的。书柜、衣柜、茶几全是这个颜色，淡雅清香。而我的床头呢，我自己设计成了一个小书橱，外面上了推拉玻璃，把四块小水银玻璃切成菱形状，用胶粘到推拉玻璃上，便是拉手了，里面整整齐齐地放一排常要看的书籍。休息时，想要看书，轻轻推开玻璃门取一本便可，看完再放进去，把玻璃推好，也不乱。不像现在的床，躺下要看书，床头柜上又要放台灯，又要放书，还要放报纸，多上几本书呢，就显得很乱，尤其是晚上要开台灯时，偶尔也会把一摞书碰下来，哗啦啦的声响，击碎了一夜的宁静。我的婚床就是这个样子，那床头的设计，我至今仍很喜欢。只是搬新家时，屋子小放不下这个床头，只能忍痛换掉，用人造革重新包了个床头配上。想想，何尝不是呢，爱好，本来对一个人来说就是多出来的点东西，对许多人来说换下来也无所谓。而我，时时为它而惋惜。去年，妻子提出住了十几年的房子了，再重新刮刮白，再换几件家具。我们两口子忙活了几个月，轮到选家具的时候了，我陪妻子跑了好几个店，衣柜她选，书柜我选。妻子知道我爱书，工作几十年了，小书房里的书是越来越多，我遴选了几次，仍有些书欲放在案头，不仍弃之。妻说，咱就换换书柜吧，大点的房子还是留给孩子们回来住。在文友的参谋下，买了一套新书柜放在了小书房，书柜是换了，书房的灯也换了，可还是有不少书籍无立足之地，而且，小书房不开灯时就是黑乎乎的。为这事我整整郁闷了几天。一日，妻估摸到了我的心事，便说：还是换到大房子里去吧。在得到妻的恩准后，我立刻召来几个同事，用一个上午时间就把小书房变成了大书房。想想从此我就能坐在明亮的书桌前，窗外是树影婆娑，鸟语花香，金鱼嬉水；屋里书香袭人，香茗伴我，优哉游哉。此情此境，好生欢喜。每想到我的这点爱好，这点乐事，什么烦恼也烟飞云散了。

在生活和工作中体验快乐。人是有精神活动的感情动物。人走向社会工作，一方面是为了生计，另一方面也是对社会的贡献。能在漫长的人生道路上不断地体验生活和工作的快乐，那是一种境界，那是一个多么美好的人生。2003 年 4 月，组织上安排我主持广电中心工作，当时，账面上只有两千余元，而内外债务上千万。还有三四个月工资未开。这是一个什么摊子，我要面对的压力有多大。在这样的环境下工作，我能快乐吗？十三年来，我从未休息过一天，硬是凭着一股气和一股劲，咬着牙含着泪一路前行。始终恪守着"今天，我为广电奉献，明天广电因我辉煌"的发展观念，始终坚持着"新闻立台，精品树台，发展富台"的办台方针，先后办起过新闻综合、都市、影视、资讯、经济、文化生活、田野风、楼市·香车·酒坊、生活、金色年华等频道，恢复开通了汾阳人民广播电台，创办了至雅文化发展公司、智慧汾阳手机台。在广播电视的覆盖上实现了有线、无线混合覆盖。2008 年，全市平稳地进行了数字电视的平移。2013 年，投资上马了无线地面数字电视。全台摄、录、采、编、播设备全部更新为数字化，由我亲自策划的《汾阳人》栏目，多次在全省获奖。如今，城乡主干光缆发展到近九万公里，有线、无线数字电视用户达到四万多户，目前，正在进军"三网融合"项目。汾阳广播电视台在全省的位置逐步前移，先后被授予全国"巾帼文明示范岗"

"吕梁市文明单位标兵""山西省文明单位"等称号。回顾这十三年的工作，我的同事问我：每办成一件事，你是不是都有一种成就感。我说：的确是这样的。在工作中，我每办成一件事，就像自己生了一个小宝贝，特别亲，特别爱，那种感觉是一般人体会不到的，尽管累尽管苦，但收获的那种快乐，永远是我继续前行奋进的力量。我常想，一种事物，看你从哪个方面想。没钱，是坏事，但也是动力，要在没钱的情况下办成事办好事办成大事，是对你这个当家人能力的重大考验。毛主席说得好：穷则思变。有钱办成事，那是常态。没钱能办成事，那是境界，那才是好把式大把式。有的职工看到我腰肩盘突出坐上了轮椅，看到我疲劳憔悴的样子偷偷地哭了；有的职工看到法院因经济纠纷又给我送传票了而担心，看到我四处借钱发工资，尤其是前些年没钱还要硬撑脸面发福利感激我。我是这样想的，办台要像操持一个家一样，要活得体面，要活得光骨，要让职工活得精彩快乐。只有这样，在我卸任后，我才不至于后悔。后悔在任时什么也没干，让职工白白地养着你。后悔你有决策权时，什么也不思索，什么也没干成。我始终把工作岗位当成我施展才华的大舞台，党和人民培养你念了四年大学，给了你俸禄，对你委以重任，你干不成事，干不好事，就应该早早辞职，把这个舞台交给别人来指挥。

想通了人生快乐的含义，你就不会觉得工作是包袱，是苦累。在某种意义上讲，我倒觉得拿着国家的钱，吃饱了撑着不干活，那才是最大的痛苦，那样的生活和工作，你永远找不到快乐，快乐也永远与你无缘。

还有几句话

明知是画蛇添足，还要蹩脚地写出来，写下去。真是到黔驴技穷的时候了。本来就没几篇好看的东西，硬要编出个集子来让人看，明明就是底虚，怕人说图有个作协会员的虚名，枉念了一次中文系，虚荣。

可这叫什么话呢？再丑的媳妇也得见公婆，都做了半辈子作家梦了，也就写了这点东西，还是杂七杂八凑到一块儿的，还是写得那么艰难，以至两眼昏花，两鬓发白，纯属愚钝，一个字"笨"。

小说、诗歌之外的都可以称散文吗？我看还不能。散文可以形散，但神不能散。我的这个集子乱七八糟的文体，简直是一个大杂烩，也能算散文吗？可不能不配叫散文，那又是什么？不是小说，更不属诗歌，我也分不清了。突然想到我生在一个小县城，过去我们县医院不是都叫五官科吗，现在分成了耳科、喉科、鼻科……这些年是分得越来越细越专业了，我不就是那个五官科年代出生的人吗？弄不好，实在无法评价我的时候，还能混个"假全才"呢。

老李有话快说吧。这本集子收录了我从念大学到现在的一些文章，有写作老师手把手教我的习作，有在物欲横流的今天对儿时的回忆，有对父母养育之情的感恩，还有一部分是我任《汾酒青年》副主编时的几篇卷首语，再有两篇就是我在县委办公室当秘书时写下的一点东西，真有点不伦不类。可想到昨天电视上演新疆农民用桑皮制纸画油画，而且制作桑皮纸的维吾尔族百岁老人也成了国家级非物质文化遗产继承人，这么说来，我也能算一个半百汉族农民了，挺好的。

写到此处也就算了，忽觉得短文也该有个标题，写"后记"两字也无妨，又觉得有点言不由衷，过于草率。那又叫什么好呢？这几日，刚拜读完吴冠中先生的《永无坦途——吴冠中自述》，吴先生画中那寥寥几根飘逸的线条，是那么的自然，富有生命力。吴先生对简约、痴迷的执着，不时感染着我，可我的那几篇小文章如何能与吴先生那几根会说会唱的线条同日而语呢。淡然一笑后，还是题上《还有几句话》，姑且算这本小册子的一个说明书吧。